林贤治 主编
百年中篇典藏

生死场

萧红 著

林贤治 编

南方出版传媒
花城出版社
中国·广州

图书在版编目（CIP）数据

生死场 / 萧红著；林贤治编. -- 广州：花城出版社，2020.8
（百年中篇典藏 / 林贤治主编）
ISBN 978-7-5360-9082-8

Ⅰ．①生… Ⅱ．①萧… ②林… Ⅲ．①中篇小说－小说集－中国－现代 Ⅳ．①I246.5

中国版本图书馆CIP数据核字(2020)第118793号

出 版 人：肖延兵
丛书策划：张 懿
出版统筹：邹蔚昀
责任编辑：曹玛丽 谢 蔚
技术编辑：凌春梅
装帧设计：林露茜

书　　名	生死场
	SHENG SI CHANG
出版发行	花城出版社
	（广州市环市东路水荫路11号）
经　　销	全国新华书店
印　　刷	恒美印务（广州）有限公司
	（广州南沙经济技术开发区环市大道南路334号）
开　　本	880毫米×1230毫米　32开
印　　张	5　2插页
字　　数	110,000字
版　　次	2020年8月第1版　2020年8月第1次印刷
定　　价	42.00元

如发现印装质量问题，请直接与印刷厂联系调换。
购书热线：020-37604658　37602954
花城出版社网站：http://www.fcph.com.cn

总序

林贤治

中国新文学从产生之日起，便带上世界主义的性质。这不只在于由文言到白话的转变，重要的是文学观念的革新。从此，出现了新的文体，新的主题，新的场景、人物和故事，于是一个新的文学时代开始了。

以文体论，所谓"文学革命"最早从诗和散文开始。小说是后发的，先是短篇，后是中篇和长篇，作者也日渐增多起来。由于五四的风气所致，早期小说的题材多囿于知识人的家庭冲突和感情生活；继"畸零人"之后，社会底层多种小人物出现了，广大农民的命运悲剧与农村中的阶级斗争进而廓张了小说的疆域，随后，城市工人与市民生活也相继进入了小说家的视野。小说以它的叙事性、故事性，先天地具有一种大众文化的要素，比较诗和散文，影响更为迅捷和深广。

从小说的长度看，中篇介于短篇与长篇之间，但也因此兼具了两者的优长。由于具有相当的体量，中篇小说可以容纳更多的社会内容；又由于结构不太复杂而易于经营，所以，自二十世纪二十年代以来，小说家多有中篇制作。论成就，或许略逊于长篇，但胜于短篇是肯定的。

一九二二年，鲁迅在报上连载《阿Q正传》。这是新文学运动发生以后的第一个中篇小说，在革命的大背景下，为国人的灵魂造像；形式之新，寓意之深，辉煌了整个文坛。阿Q，作为一个典型人物，相当于塞万提斯笔下的堂·吉诃德，在中国，为广大的人们所熟知，他的"精神胜利法"成了民族的寓言。在二十年代，创造社和文学研究会的作家创作颇丰，中篇小说作家有郁达夫、废名、许地山、茅盾，以及沅君、庐隐、丁玲等。郁达夫在五四文学中享有盛名。他的小说，最早创造了"零余者"的形象，其中自我暴露、性描写，在当时是惊世骇俗的，虽然有颓废的倾向，却不无反封建的进步的意义。《迷羊》《她是一个弱女子》是他的代表性作品，打着时代特有的个性主义和人道主义的双重烙印。在丁玲的《莎菲女士的日记》中，作为刚刚觉醒的女性主义者，追求个性解放和自由恋爱的莎菲女士，结果陷入歧路彷徨、无从选择的困局之中，表现了一代五四新女性所面临的新观念与旧事物相冲突的尴尬处境。继鲁迅之后，一批"乡土作家"如台静农、蹇先艾、许钦文、王鲁彦等崛起文坛，是当时的一个突出的文学现象。但是佳作不多，中篇绝少。

毕竟是新文学的发轫期，二十世纪二十年代的小说大多流于粗浅，至三十年代，作家队伍迅速扩大，而且明显地变得成熟起来。有三种文学，其中一种是所谓"民族主义文学""三民主义文学"；另一种与官方文学相对立，在当时声势颇大，称为"左翼文学"。以"左联"为中心，小说作家有茅盾、柔石、蒋光慈、叶紫、张天翼、丁玲，外围有影响的还有萧军、萧红等。其中，中篇如《林家铺子》《二月》《丽莎的哀怨》

《星》《八月的乡村》《生死场》，都是有影响的作品。茅盾素喜取景历史的大框架，早期较重人物的生理和心理描写，有点自然主义的味道，后来有更多的理性介入，重社会分析。中篇《林家铺子》讲述杭嘉湖地区一个小店铺老板苦苦挣扎，终于破产的故事。同《春蚕》诸篇一起，展开二十世纪三十年代民族危难、民生凋敝的广阔的社会图景。《二月》是柔石的一部诗意作品。小说在一个江南小镇中引出陶岚的爱情，文嫂的悲剧，和一个交头接耳、光怪陆离而又死气沉沉的社会。最后，主人公萧涧秋在流言的打击下，黯然离开小镇。作者以工妙的技巧，揭示了知识分子在残酷的现实生活中进退失据的精神状态。诗人蒋光慈的小说《丽莎的哀怨》《冲出云围的月亮》发表后，受到左翼作家的批判，影响轰动一时。其实"革命+恋爱"的创作模式，并不能遮掩小说所展露的人性的光辉。特别在充斥着"左"倾教条主义政治话语的语境中，作者执着于对"人"的描写，对人性与环境的真实性呈现，是极为难得的。萧军和萧红是东北流亡作家，作品充满着一种家国之痛。《八月的乡村》以场景的连缀，展示了与日本和伪满洲国军队战斗的全貌。《生死场》超越民族和国家的限界，着眼于土地和人的生存。"在乡村，人和动物一起忙着生，忙着死"，是贯穿全篇的主旋律。小说有着深厚的人本主义的内涵，带有启蒙的意义。

此外，还有一种文学，来自一批自由派作家，独立的作家，难以归类的作家。如老舍、巴金、沈从文等，在艺术上，有着更为自觉的追求。像沈从文的《边城》《长河》，就没有左翼作品那种强烈的阶级意识。沈从文自称"是个不想明白道理却永远为现象所倾心的人"。他倾情于"永远的湘西",着意于表现自然之美与野蛮的力,叙述是沉静的,描写是细致的,一些残酷的血腥的故事,在他的笔下,也都往往转换成文化的美,诗意的美,而非伦理的美。巴金早期的小说颇具政治色彩,如《灭亡》;而《憩园》,则是一种挽歌调子,很个人化的。施蛰存等一批上海作家是另一种面貌,他们颇受西方现代派文学的影响,从事实验性写作。不过,值得指出的是,左翼作家是一批青年叛逆者,敢于正视现实、反抗黑暗;其中有些作品虽然因意识形态的影响而在一定程度上削弱了艺术的力量,但是仍然不失为当时最为坚实锋锐的文学,是五四的"人的文学"的合理的延伸。

整个二十世纪四十年代动荡不安。这时,除了早年成名的作家遗下一些创作外,新进的作家作品不多,突出的有张爱玲的《金锁记》和路翎的《饥饿的郭素娥》。张爱玲善于观察和描写人性幽暗的一面,《金锁记》可谓代表作。路翎的《饥饿的郭素娥》何尝不是写人性,却是张扬的、光明的、美善的。在劳动妇女郭素娥的身上,不无精神奴役的创伤,却更多地表现出了与命运抗争的顽强的生命力。延安文学开拓出另一片天地:清新、简朴、颂歌式。丁玲的《在医院中》《我在霞村的时候》,以及赵树理的《小二黑结婚》《李有才板话》,形态很不相同,但在文学史上都有着全新的意义。在丁玲这里,明显地带有五四时期的个人主义和女性主义的残留,所以当时遭到不合理的批判。赵树理的小说,可以说专写农村和农民,但不同于此前知识分子作家的乡土小说,强调的不是苦难,而是新生的活力和希望。语言形式是民族的、传统的,结合现代小说的元素，有个人的创造性，但无疑地更加切合时代的需要。所以，周扬高度评价赵树理的作品，称为"新文艺的方向"。

一九四九年以后，中国有了统一的文坛。从五十年代初期的文艺整风开始，多种政治运动接连不断，对作家的思想、个性和创造力造成了不同程度的损害。比如对萧也牧的《我们夫妇之间》的批判，以及随后对路翎入朝创作的《洼地上的战役》等小说的批判，都在小说界产生了直接的消极影响。

二十世纪五六十年代的中短篇小说颇为寥落。少数青年作者带有锐意的作品，如王蒙的《组织部来了个年轻人》，较早表现反官僚主义的主题。小说也许受到来自苏联的"写真实""干预生活"等理论和作品的影响，但是作者无意模仿，这里是来自五十年代中国的真实生活，和一个"少布"的理想激情的历史性相遇。它的出现，本是文学话语，通过政治解读遂成为"毒草"，二十年后同众多杂草一起，作为"重放的鲜花"傲然出现。老作家孙犁以一贯的诗性笔调写农业合作化运动，自然被"边缘化"；赵树理一直注目于农村中的"中间人物"，却在一九六二年著名的"大连会议"之后为激进的批判家所抛弃。"文革"十年，文坛荒废，荆棘遍地；所谓"迷阳聊饰大田荒"，甚至连迷阳也没有。

"文革"结束以后，地下水喷出了地面。以短篇小说《伤痕》为标志的一种暴露性文学出现了，此时，一批带有创伤记忆的中篇如《天云山传奇》《犯人李铜钟的故事》《大墙下的红玉兰》《绿化树》《一个冬天的童话》《被爱情遗忘的角落》等同时问世。《绿化树》叙写的是右派章永璘被流放到西北劳改农场的经历，是张贤亮描写中国知识分子历史命运的一部力作。与其他"大墙文学"不同的是，作者突出地写了食和性。通过对主人公一系列忏悔、内疚、自省等心理活动的描写，对饥饿包括性饥饿的剖视，真实地再现了特定年代中的知识分子的苦难生活。作者还创作了系列类似的小说，名为"唯物论者的启示录"，对一代知识分子命运作了深入的反思。张弦的小说，妇女形象的描写集中而出色。《被爱情遗忘的角落》《未亡人》《挣不断的红丝线》，其中的女性，无论在农村还是城市，无论是少女还是寡妇，都是生活中的弱势者，极"左"路线下的不幸者、失败者和牺牲者。驰骋文坛的，除了伤痕累累的老作家之外，又多出一支以知青作家为代表的新军，作品有张承志的《北方的河》《黑骏马》、王小波的《黄金时代》，阿城的《棋王》等。或者表达青年一代被劫夺的苦痛，或者表现为对土地和人民的皈依，都是去除了"瞒和骗"的写真实的作品。这时，关注现实生活的小说多起来了。无论是蒋子龙的《乔厂长上任记》、高晓声的《陈奂生上城》，还是谌容的《人到中年》、路遥的《人生》，都着意表现中国社会的困境，不曾回避转型时期的问题。《人到中年》通过中年眼科大夫陆文婷因工作和家庭负担过重，积劳成疾，濒临死亡的故事，揭示中国知识分子的生存现状，可谓切中时弊。小说创造了陆文婷这个悲剧性的英雄形象，富于艺术感染力，一经发表，立即引起社会的巨大反响。

二十世纪八十年代初期中国作家非常活跃，带来中篇小说空前的繁荣。这时，出现了重在人性表现的另类作品，如汪曾祺的《受戒》《大淖记事》，张洁的《爱，是不能忘记的》，还有史铁生的《关于詹牧师的报告文学》《命若琴弦》等，显示了创作的多元化倾向。汪曾祺的小说创作起步于二十世纪四十年代,却因时代的劫难,空置几十年之后,终至大器晚成。他自称是"一个中国式的抒情的人道主义者",小说多叙民间故事,十足的中国风。《大淖记事》乃短篇连缀,散文化、抒情性,气象阔大,尺幅千里,在他的作品中是有代表性的。

八十年代中期,"思想解放运动"落潮,美学热、文化热兴起。在文学界,"寻根文学""先锋小说"应运而生。"寻根"本是现实问题的深化,然而,"寻"的结果,往往"超时代",脱离现实政治。王安忆的《小鲍庄》,以多元的叙述视角,通过对淮北一个小村庄几户人家的命运,尤其是捞渣之死的描写,剖析了传统乡村的文化心理结构,内含对国民性及现实生活的双面批判,是其中少有的佳作。"先锋小说"在叙事上丰富了中国小说,但是由于欠缺坚实的人生体验,大体浅尝辄止,成就不大,有不少西方现代主义的赝品。

至九十年代,中篇小说创作进入低落、平稳的状态。这时,作家或者倡言"新写实主义","分享艰难",或者标榜"个人化叙事",暴露私隐。无论回归正统还是偏离正统,都意味着文学进入了一个思想淡出、收敛锋芒的时期。王朔是一个异类,嘲弄一切,否弃一切;他的作品,容易让人想起鲁迅的名文《流氓的变迁》,却也不失其解构的意义。这时,有不少作家致力于历史题材的书写或改写,莫言的《红高粱》写抗战时期的民众抗争,格非的《迷舟》写北伐战事,从叙述学的角度看,明显是另辟蹊径的。苏童的《妻妾成群》,写的是大家族的妇女生活。在大宅门内,正妻看透世事,转而信佛;

小妾却互相倾轧，死的死，疯的疯。这些女人，都需要依附主子而活，互相迫害成为常态，不失为一个古老的男权社会的象征。尤凤伟的《小灯》和林白的《回廊之椅》写历史运动，视角不同，笔调也很不一样。尤凤伟重写实，重细节，笔力雄健；林白则往往避实就虚，描写多带诗性，比较丁玲的《太阳照在桑干河上》和周立波的《暴风骤雨》等经典作品，却都是带有颠覆性的叙述。贾平凹有一个关于土匪生活的系列中篇，艺术上很有特色。现实题材中，余华的《许三观卖血记》，刘庆邦的《到城里去》，迟子建的《世界上所有的夜晚》，胡学文的乡土故事和徐则臣的北漂系列，多向写出"新时期"的种种窘态。钟求是的《谢雨的大学》，解析当代英雄，包括大学教育体制，是一个值得注意的作品。关于官场、矿区、下岗工人、性工作者，现代化、城市化过程中的一些重大的社会事件和现象，都在中篇创作中有所反映，但大多显得简单粗糙，质量不高。

一百年来，经过时间的淘洗，积累了一批具有经典性、代表性的中篇小说。"百年中篇典藏"按现代到当代的不同时段，从中遴选出二十四部作品，同时选入相关的其他中短篇乃至散文、评论若干一起出版。宗旨是，使读者对具体的作家、作品，乃至一百年来中篇小说创作的源流状貌有一个较为完整的了解。

萧红

作者简介

萧红（1911—1942），原名张迺莹，黑龙江呼兰人，现代女作家。出生于一个衰落的地主家庭，为反抗封建家庭包办婚姻，离家出走。1932年在哈尔滨结识萧军，后一同南下青岛，定居上海。几年后，复与端木蕻良南下武汉，至重庆，赴香港。在香港病逝。早年与萧军合著短篇小说集《跋涉》，著有散文与小说合集《桥》《商市街》，短篇小说集《牛车上》《小城三月》，中篇小说《生死场》，长篇小说《旷野的呼喊》《马伯乐》《呼兰河传》等。

呼兰老城街景

年萧红　　　　　为了反抗包办婚姻，萧红到　哈尔滨东兴顺旅馆（革成摄）
　　　　　　　北平读书，与其表兄住在这里

呼兰县张家旧宅，萧红在这里度过了童年和少年时代

1935年，萧红摄于鲁迅家门前的台阶

萧红与母亲姜玉兰在一起

1937年摄于武汉。左起：萧军、蒋锡金、萧红、罗烽

萧红像

1934年，萧红与萧军在哈尔滨

1934年底，萧红与萧军如约去赴鲁迅的宴请

萧红与端木蕻良摄于西安

1938年摄于西安。左起：塞克、田间、聂绀弩、萧红、端木蕻良，后排为丁玲

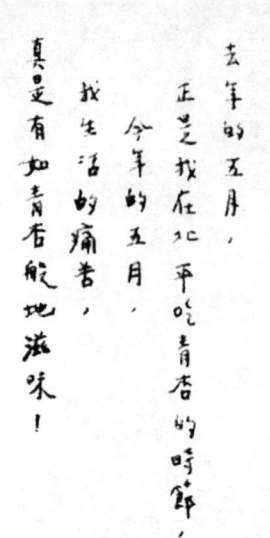

俨然无迹

去年的五月,
正是我在北平吃青杏的时节;
今年的五月,
我生活的痛苦,
真是有如青杏般地滋味!

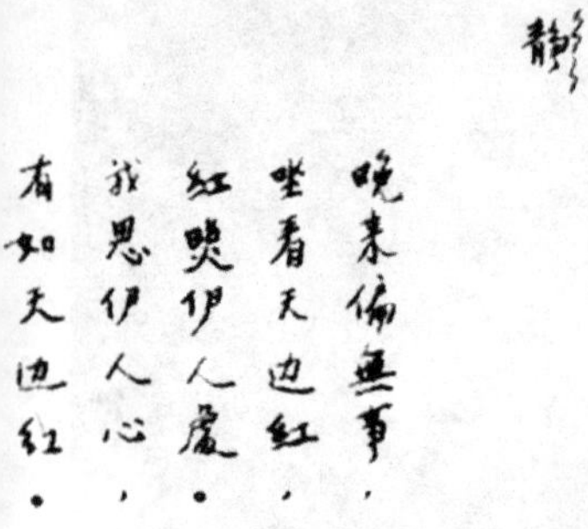

静

晚来偷无事,
坐看天边红,
红映伊人履,
我思伊人心,
有如天边红。

《私の詩稿》内页,萧红手迹

1935年起相继出版的"奴隶丛书":叶紫《丰收》、萧军《八月的乡村》、萧红《生死场》

1937年,萧红从日本归后,即前往拜谒鲁迅墓。左起许广平、萧红、萧军,中间为婴

目录

生死场　萧　红　/1
《生死场》序言　鲁　迅　/105
《生死场》读后记　胡　风　/107
《生死场》重版前记　萧　军　/111
萧红和她的《生死场》　季红真　/117

萧红年表　　/ 134

生死场

萧 红

一 麦场

一只山羊在大道边啃嚼榆树的根端。

城外一条长长的大道,被榆树打成荫片。走在大道中,像是走进一个荡动遮天的大伞。

山羊嘴嚼榆树皮,黏沫从山羊的胡子流延着。被刮起的这些黏沫,仿佛是胰子的泡沫,又像粗重浮游着的丝条;黏沫挂满羊腿,榆树显然是生了疮疖,榆树带着偌大的疤痕。山羊却睡在荫中,白囊一样的肚皮起起落落……

菜田里一个小孩慢慢地踱走。在草帽的盖伏下,像是一棵大形的菌类。捕蝴蝶吗?捉蚱虫吗?小孩在正午的太阳下。

很短时间以内,跌步的农夫也出现在菜田里。一片白菜的颜色有些相近山羊的颜色。

毗连着菜田的南端生着青穗的高粱的林。小孩钻入高粱之群里，许多穗子被撞着，在头顶打坠下来，有时也打在脸上。叶子们交结着响，有时刺痛着皮肤。那里是绿色的甜味的世界，显然凉爽一些。时间不久，小孩子争斗着又走出最末的那棵植物。立刻太阳烧着他的头发，急灵的他把帽子扣起来。高空的蓝天遮覆住菜田上跳跃着的太阳。没有一块行云。一株柳条的短枝，小孩夹在腋下，走路他的两腿膝盖远远的分开，两只脚尖向里勾着，勾得腿在抱着个盆样。跛脚的农夫早已看清是自己的孩子了，他远远地完全用喉音在问着：

"罗圈腿，唉呀！……不能找到？"

这个孩子的名字十分象征着他。他说："没有。"

菜田的边道，小小的地盘，绣着野菜。经过这条短道，前面就是二里半的房窝，他家门前种着一株杨树，杨树翻摆着自己的叶子。每日二里半走在杨树下，总是听一听杨树的叶子怎样响，看一看杨树的叶子怎样动摆。杨树每天这样……他也每天停脚。今天是他第一次破例，什么他都忘记，只见跛脚跛得更深了！每一步像在踏下一个坑去。

土屋周围，树条编做成墙，杨树一半荫影洒落到院中；麻面婆在荫影中洗濯衣裳。正午田圃间只留着寂静，惟有蝴蝶们为着花，远近的翩飞，不怕太阳烧毁它们的翅膀。一切都回藏起来，一只狗也寻着有荫的地方睡了！虫子们也回藏不鸣！

汗水在麻面婆的脸上，如珠如豆，渐渐浸着每个麻痕而下流。麻面婆不是一只蝴蝶，她生不出磷膀来，只有印就的麻痕。

两只蝴蝶飞戏着闪过麻面婆,她用湿的手把飞着的蝴蝶打下来,一个落到盆中溺死了!她的身子向前继续伏动,汗流到嘴了,她舐尝一点盐的味,汗流到眼睛的时候,那是非常辣,她急切用湿手揩拭一下,但仍不停地洗濯。她的眼睛好像哭过一样,揉擦出脏污可笑的圈子,若远看一点,那正合乎戏台上的丑角;眼睛大得那样可怕,比起牛的眼睛来更大,而且脸上也有不定的花纹。

土房的窗子,门,望去那和洞一样。麻面婆踏进门,她去找另一件要洗的衣服,可是在炕上,她抓到了日影,但是不能拿起,她知道她的眼睛是晕花了!好像在光明中忽然走进灭了灯的夜。她休息下来。感到非常凉爽。过了一会在席子下面她抽出一条自己的裤子。她用裤子抹着头上的汗,一面走回树荫放着盆的地方,她把裤子也浸进泥浆去。

裤子在盆中大概还没有洗完,可是挂到篱墙上了!也许已经洗完?麻面婆做事是一件跟紧一件,有必要时,她放下一件又去做别的。

邻屋的烟筒,浓烟冲出,被风吹散着,布满全院。烟迷着她的眼睛了!她知道家人要回来吃饭,慌张着心弦,她用泥浆浸过的手去墙角拿茅草,她沾了满手的茅草,就那样,她烧饭,她的手从来不用清水洗过。她家的烟筒也走着烟了。过了一会,她又出来取柴,茅草在手中,一半拖在地面,另一半在围裙下,她是拥着走。头发飘了满脸,那样,麻面婆是一只母熊了!母熊带着草类进洞。

浓烟遮住太阳,院中一霎明暗,在空中烟和云似的。

篱墙上的衣裳在滴水滴,蒸着污浊的气。全个村庄在火中窒息。午间的太阳权威着一切了！

"他妈的，给人家偷着走了吧？"

二里半跌脚利害的时候，都是把屁股向后面斜着，跌出一定的角度来。他去拍一拍山羊睡觉的草棚，可是羊在哪里？

"他妈的，谁偷了羊……混账种子！"

麻面婆听着丈夫骂，她走出来凹着眼睛：

"饭晚啦吗？看你不回来，我就洗些个衣裳。"

让麻面婆说话，就像让猪说话一样，也许她喉咙组织法和猪相同，她总是发着猪声。

"唉呀！羊丢啦！我骂你那个傻老婆干什么？"

听说羊丢，她去扬翻柴堆，她记得有一次羊是钻过柴堆。但，那在冬天，羊为着取暖。她没有想一想，六月天气，只有和她一样傻的羊才要钻柴堆取暖。她翻着，她没有想。全头发洒着一些细草，她丈夫想止住她，问她什么理由，她始终不说。她为着要做出一点奇迹，为着从这奇迹，今后要人看重她。表明她不傻，表明她的智慧是在必要的时节出现，于是像狗在柴堆上耍得疲乏了！手在扒着发间的草杆，她坐下来。她意外地感到自己的聪明不够用，她意外地向自己失望。

过了一会邻人们在太阳底下四面出发，四面寻羊；麻面婆的饭锅冒着气，但，她也跟在后面。

二里半走出家门不远，遇见罗圈腿，孩子说：

"爸爸，我饿！"

二里半说："回家去吃饭吧！"

可是二里半转身时老婆和一捆稻草似的跟在后面。

"你这老婆,来干什么?领他回家去吃饭。"

他说着不停的向前跌走。

黄色的,近黄色的,麦地只留下短短的根苗。远看来麦地使人悲伤。在麦地尽端,井边什么人在汲水。二里半一只手遮在眉上,东西眺望,他忽然决定到那井的地方,在井沿看下去,什么也没有,用井上汲水的桶子向水底深深的探试,什么也没有,最后,绞上水桶,他伏身到井边喝水,水在喉中有声,像是马在喝。

老王婆在门前草场上休息:

"麦子打得怎样啦?我的羊丢了!"

二里半青色的面孔为了丢羊更青色了!

咩……咩……羊叫,不是羊叫,寻羊的人叫。

林荫一排砖车经过,车夫们哗闹着。山羊的午睡醒转过来,它迷茫着用犄角在周身剔毛。为着树叶绿色的反映,山羊变成浅黄。卖瓜的人在道旁自己吃瓜。那一排砖车扬起浪般的灰尘,从林荫走上进城的大道。

山羊寂寞着,山羊完成了它的午睡,完成了它的树皮餐,而归家去了。山羊没有归家,它经过每棵高树,也听遍了每张叶子的刷鸣,山羊也要进城吗!它奔向进城的大道。

咩……咩,羊叫,不是羊叫,寻羊的人叫,二里半比别人叫出来更大声,那不像是羊叫,像是一条牛了!

最后,二里半和地邻动打,那样,他的帽子,像断了线的风筝,飘摇着下降,从他头上飘摇到远处。

"你踏碎了俺的白菜!你……你……"

那个红脸长人,像是魔王一样,二里半被打得眼睛晕花起来,他去抽拔身边的一棵小树,小树无由的被害了,那家的女人出来,送出一支搅酱缸的耙子,耙子滴着酱。

他看见耙子来了,拔着一棵小树跑回家去,草帽是那般孤独的丢在井边,草帽他不知戴过了多少年头。

二里半骂着妻子:"混蛋,谁吃你的焦饭!"

他的面孔和马脸一样长。麻面婆惊惶着,带着愚蠢的举动,她知道山羊一定没能寻到。

过了一会,她到饭盆那里哭了!"我的……羊,我一天一天喂喂……大的,我抚摸着长起来的!"

麻面婆的性情不会抱怨。她一遇到不快时,或是丈夫骂了她,或是邻人与她拌嘴,就连小孩子们扰烦她时,她都是像一摊蜡消融下来。她的性情不好反抗,不好争斗,她的心像永远贮藏着悲哀似的,她的心永远像一块衰弱的白棉。她哭抽着,任意走到外面把晒干的衣裳搭进来,但她绝对没有心思注意到羊。

可是会旅行的山羊在草棚不断地搔痒,弄得板房的门扇快要掉落下来,门扇摔摆的响着。

下午了,二里半仍在炕上坐着。

"妈的,羊丢了就丢了吧!留着它不是好兆相。"

但是妻子不晓得养羊会有什么不好的兆相,她说:

"哼!那么白白地丢了?我一会去找,我想一定在高粱地里。"

"你还去找?你别找啦!丢就丢来吧!"

"我能找到它呢!"

"唉呀,找羊会出别的事哩!"

他脑中回旋着挨打的时候——草帽像断了线的风筝飘摇着下落,酱耙子滴着酱。快抓住小树,快抓住小树。……二里半心中翻着这不好的兆相。

他的妻不知道这事。她朝向高粱地去了:蝴蝶和别的虫子热闹着,田地上有人工作了。她不和田上的妇女们搭话,经过留着根的麦地时,她像微点的爬虫在那里。阳光比正午钝了些,虫鸣渐多了;渐飞渐多了!

老王婆工作剩余的时间,尽是,述说她无穷的命运。她的牙齿为着述说常常切得发响,那样她表示她的愤恨和潜怒。在星光下,她的脸纹绿了些,眼睛发青,她的眼睛是大的圆形。有时她讲到兴奋的话句,她发着嘎而没有曲折的直声。邻居的孩子们会说她是一头"猫头鹰",她常常为着小孩子们说她"猫头鹰"而愤激,她想自己怎么会成个那样的怪物呢?像碎着一件什么东西似的,她开始吐痰。

孩子们的妈妈打了他们,孩子跑到一边去哭了!这时王婆她该终止她的讲说,她从窗洞爬进屋去过夜。但有时她并不注意孩子们哭,她不听见似的,她仍说着那一年麦子好;她多买了一条牛,牛又生了小牛,小牛后来又怎样?……她的讲话总是有起有落;关于一条牛,她能有无量的言词:牛是什么颜色,每天要吃多少水草,甚至要说到牛睡觉是怎样的姿势。

但是今夜院中一个讨厌的孩子也没有,王婆领着两个邻妇,坐在一条喂猪的槽子上,她们的故事便流水一般地在夜空里延展开。

天空一些云忙走,月亮陷进云围时,云和烟样,和煤山样,快要燃烧似的。再过一会,月亮埋进云山,四面听不见蛙鸣；只是萤虫闪闪着。

屋里，像是洞里，响起鼾声来，布遍了的声波旋走了满院。天边小的闪光不住的在闪合。王婆的故事对比着天空的云：

"……一个孩子三岁了，我把她摔死了，要小孩子我会成了个废物。……那天早晨……我想一想！……是早晨，我把她坐在草堆上，我去喂牛；草堆是在房后。等我想起孩子来，我跑去抱她，我看见草堆上没有孩子；我看见草堆下有铁犁的时候，我知道，这是恶兆，偏偏孩子跌在铁犁一起，我以为她还活着呀！等我抱起来的时候……啊呀！"

一条闪光裂开来，看得清王婆是一个兴奋的幽灵。全麦田，高粱地，菜圃，都在闪光下出现。妇人们被惶惑着，像是有什么冷的东西，扑向她们的脸去。闪光一过，王婆的话声又连续下去：

"……啊呀！……我把她丢到草堆上，血尽是向草堆上流呀！她的小手颤颤着，血在冒着汽从鼻子流出，从嘴里流出，好像喉管被切断了。我听一听她的肚子还有响；那和一条小狗给车轮轧死一样。我也亲眼看过小狗被车辘轮轧死，我什么都看过。这庄上的谁家养小孩，一遇到孩子不能养下来，我就去拿着钩子，也许用那个掘菜的刀子，把孩子从娘的肚里硬搅出来。孩子死，不算一回事，你们以为我会暴跳着哭吧？我会嚎叫吧？起先我心也觉得发颤，可是我一看见麦田在我眼前时，我一点都不后悔，我一滴眼泪都没淌下。以后麦子收成很好，麦子是我割倒的，在场上一粒一粒我把麦子拾起来，就是那年我整个秋天没有停脚，没讲闲话，像连口气也没得喘似的，冬天就来了!到冬天我和邻人比着麦粒,我的麦粒是那样大呀!到冬天我的背曲得有些利害,在手里拿着大的麦粒。可是,邻人的孩子却长起来了!……到那时候,我好像忽然才想起我的小钟。"

王婆推一推邻妇,荡一荡头:

"我的孩子小名叫小钟呀!……我接连着煞苦了几夜没能睡,什么麦粒?从那时起,我连麦粒也不怎样看重了!就是如今,我也不把什么看重。那时我才二十几岁。"

闪光相连起来,能言的幽灵默默坐在闪光中。邻妇互望着,感到有些寒冷。

狗在麦场张狂着咬过来,多云的夜什么也不能告诉人们。忽然一道闪光,看见的黄狗卷着尾巴向二里半叫去,闪光一过,黄狗又回到麦堆,草茎折动出细微的声音。

"三哥不在家里?"

"他睡着哩!"王婆又回到她的默默中,她的答话像是从一个空瓶子或是从什么空的东西发出。猪槽上她一个人化石一般地留着。

"三哥!你又和三嫂闹嘴吗?你常常和她闹嘴,那会败坏了平安的日子的。"

二里半,能宽容妻子,以他的感觉去衡量别人。

赵三点起烟火来,他红色的脸笑了笑:"我没和谁闹嘴哩!"

二里半他从腰间解下烟袋,从容着说:

"我的羊丢了!你不知道吧?它又走了回来。要替我说出买主去,这条羊留着不是什么好兆相。"

生死场　9

赵三用粗嘎的声音大笑,大手和红色脸在闪光中伸现出来:

"哈……哈,倒不错,听说你的帽子飞到井边团团转呢!"

忽然二里半又看见身边长着一棵小树,快抓住小树,快抓住小树。他幻想终了,他知道被打的消息是传布出来,他捻一捻烟火,解辩着说:

"那家子不通人情,哪有丢了羊不许找的勾当?他硬说踏了他的白菜,你看,我不能和他动打。"

摇一摇头,受着辱一般的冷没下去,他吸烟管,切心地感到羊不是好兆相,羊会伤着自己的脸面。

来了一道闪光,大手的高大的赵三,从炕沿站起,用手掌擦着眼睛。他忽然响叫:

"怕是要落雨吧!——坏啦!麦子还没打完,在场上堆着!"

赵三感到养牛和种地不足,必须到城里去发展。他每日进城,他渐渐不注意麦子,他梦想着另一桩有望的事业。

"那老婆,怎不去看麦子?麦子一定要给水冲走呢!"

赵三习惯的总以为她会坐在院心,闪光更来了!雷响,风声。一切翻动着黑夜的庄村。

"我在这里呀!到草棚拿席子来,把麦子盖起吧!"

喊声在有闪光的麦场响出,声音像碰着什么似的,好像在水上响出,王婆又震动着喉咙:"快些,没有用的,睡觉睡昏啦!你是摸不到门啦!"

赵三为着未来的大雨所恐吓,没有同她拌嘴。

高粱地像要倒折，地端的榆树吹啸起来，有点像金属的声音，为着闪光的原故，全庄忽然裸现，忽然又沉埋下去。全庄像是海上浮着的泡沫。邻家和距离远一点的邻家有孩子的哭声，大人在嚷吵，什么酱缸没有盖啦！驱赶着鸡雏啦！种麦田的人家嚷着麦子还没有打完啦！农家好比鸡笼，向着鸡笼投下火去，鸡们会翻腾着。

黄狗在草堆开始做窝，用腿扒草，用嘴扯草。王婆一边颤动，一边手里拿着耙子：

"该死的，麦子今天就应该打完，你进城就不见回来，麦子算是可惜啦！"

二里半在电光中走近家门，有雨点打下来，在植物的叶子上稀疏的响着。雨点打在他的头上时，他摸一下头顶而没有了草帽。关于草帽，二里半一边走路一边怨恨山羊。

早晨了，雨还没有落下。东边一道长虹悬起来；感到湿的气味的云掠过人头，东边高粱头上，太阳走在云后，那过于艳明，像红色的水晶，像红色的梦。远看高粱和小树林一般森严着；村家在早晨趁着气候的凉爽，各自在田间忙。

赵三门前，麦场上小孩子牵着马，因为是一条年青的马，它跳着荡着尾巴跟它的小主人走上场来。小马欢喜用嘴撞一撞停在场上的石磙，它的前腿在平滑的地上跺打几下，接着它必然像索求什么似的叫起不很好听的声来。

王婆穿的宽袖的短袄，走上平场。她的头发毛乱而且绞卷着，朝晨的红光照着她，她的头发恰像田上成熟的玉米的缨穗，红色并且蔫卷。

马儿把主人呼唤出来，它等待给它装置石磙，石磙装好的时候，小马摇着尾巴，不断地摇着尾巴，它十分驯顺和愉快。

王婆摸一摸席子潮湿一点，席子被拉在一边了；孩子跑过去，帮助她，麦穗布满平场，王婆拿着耙子站到一边。小孩欢跑着立到场子中央，马儿开始转跑。小孩在中心地点也是转着。好像画圆周时用的圆规一样，无论马儿怎样跑，孩子总在圆心的位置。因为小马发疯着，飘扬着跑，它和孩子一般的贪玩，弄得麦穗溅出场外。王婆用耙子打着马，可是走了一会它游戏够了，就和厮耍着的小狗需要休息一样，休息下来。王婆着了疯一般地又挥着耙子，马暴跳起来，它跑了两个圈子，把石磙带着离开铺着麦穗的平场；并且嘴里咬嚼一些麦穗。系住马勒带的孩子挨骂着：

"呵！你总偷着把它拉上场，你看这样的马能打麦子吗？死了去吧！别烦我吧！"

小孩子拉马走出平场的门；到马槽子那里，去拉那个老马。把小马束好在杆子间。老马差不多完全脱了毛，小孩子不爱它，用勒带打着它走，可是它仍和一块石头或是一棵生了根的植物那样不容搬运。老马是小马的妈妈，它停下来，用鼻头偎着小马肚皮间破裂的流着血的伤口。小孩子看见他爱的小马流血，心中惨惨的眼泪要落出来，但是他没能晓得母子之情，因为他还没能看见妈妈：他是私生子。脱着光毛的老动物，催逼着离开小马，鼻头染着一些血，走上麦场。

村前火车经过河桥，看不见火车，听见隆隆的声响。王婆注意着旋上天空的黑烟。前村的人家，驱着白菜车去进城，走过王婆的场子时，从车上抛下几个柿子来，一面说："你们是不种柿子的,这是贱东西,不值钱的东西,麦子是发财之道呀!"驱着车子的青年结实的汉子过去了;鞭子甩响着。

老马看着墙外的马不叫一声,也不响鼻子。小孩去拿柿子吃,柿子还不十分成熟,半青色的柿子,永远被人们摘取下来。

马静静地停在那里,连尾巴也不甩摆一下,也不去用嘴触一触石磙,就连眼睛它也不远看一下。同时它也不怕什么工作,工作来的时候,它就安心去开始;一些绳锁束上身时,它就跟住主人的鞭子。主人的鞭子很少落到它的皮骨,有时它过分疲惫而不能支持,行走过分缓慢;主人打了它,用鞭子,或是用别的什么,但是它并不暴跳,因为一切过去的年代规定了它。

麦穗在场上渐渐不成形了!

"来呀!在这儿拉一会马呀!平儿!"

"我不愿意和老马在一块,老马整天像睡着。"

平儿囊中带着柿子走到一边去吃,王婆怨怒着:

"好孩子呀!我管不好你,你还有爹哩!"

平儿没有理谁,走出场子,向着东边种着花的地端走去。他看着红花,吃着柿子走。

灰色的老幽灵暴怒了:"我去唤你的爹爹来管教你呀!"

她像一支灰色的大鸟走出场去。

清早的叶子们!树的叶子们,花的叶子们,闪着银珠了!太阳不着边际地轮圆在高粱棵的上端,左近的家屋在预备早饭了。

老马自己在磙压麦穗,勒带在嘴下拖着,它不偷食麦粒,它不走脱了轨,转过一个圈,再转过一个,绳子和皮条有次序的向它光皮的身子磨擦,老动物自己无声的动在那里。

种麦的人家,麦草堆得高涨起来了!福发家的草堆也涨过墙头。福发的女人吸起烟管。她是健壮而短小,烟管随意冒着烟;手中的耙子,不住的耙在平场。

侄儿打着鞭子经行在前面的林荫,静静悄悄的他唱着寞默的歌声;她为歌声感动了!耙子快要停下来,歌声仍起在林端:

"昨晨落着毛毛雨……小姑娘,披蓑衣……小姑娘……去打鱼。"

二　菜圃

菜圃上寂寞的大红的西红柿,红着了。小姑娘们摘取着柿子,大红大红的柿子,盛满她们的筐篮;也有的在拔青萝卜、红萝卜。

金枝听着鞭子响,听着口哨响,她猛然站起来,提好她的筐子惊惊怕怕的走出菜圃。在菜田东边,柳条墙的那个地方停下,她听一听口笛渐渐远了!鞭子的响声与她隔离着了!她忍耐着等了一会,口笛婉转的从背后的方向透过来;她又将与他接近着了!菜田上一些女人望见她,远远的呼唤:

"你不来摘柿子,干什么站到那儿?"

她摇一摇她成双的辫子,她大声摆着手说:"我要回家了!"

姑娘假装着回家，绕过人家的篱墙，躲避一切菜田上的眼睛，朝向河湾去了。筐子挂在腕上，摇摇搭搭。口笛不住的在远方催逼她，仿佛她是一块被引的铁跟住了磁石。

静静的河湾有水湿的气味，男人等在那里。

五分钟过后，姑娘仍和小鸡一般，被野兽压在那里。男人着了疯了！他的大手敌意一般地捉紧另一块肉体，想要吞食那块肉体，想要破坏那块热的肉。尽量的充涨了血管，仿佛他是在一条白的死尸上面跳动，女人赤白的圆形的腿子，不能盘结住他。于是一切音响从两个贪婪着的怪物身上创作出来。

迷迷荡荡的一些花穗颤在那里，背后的长茎草倒折了！不远的地方打柴的老人在割野草。他们受着惊扰了！发育完强的青年的汉子，带着姑娘，像猎犬带着捕捉物似的，又走下高粱地去。他的手是在姑娘的衣裳下面展开着走。

吹口哨，响着鞭子，他觉得人间是温存而愉快。他的灵魂和肉体完全充实着，婶婶远远的望见他，走近一点，婶婶说：

"你和那个姑娘又遇见吗？她真是个好姑娘。……唉……唉！"

婶婶像是烦躁一般紧紧靠住篱墙。侄儿向她说：

"婶娘你唉唉什么呢？我要娶她哩！"

"唉……唉……"

婶婶完全悲伤下去，她说：

"等你娶过来，她会变样，她不和原来一样，她的脸是青白色；你也再不把她放在心上，你会打骂她呀！男人们心上放着女人，也就是你这样的年纪吧！"

生死场　15

婶婶表示出她的伤感,用手按住胸膛,她防止着心脏起什么变化,她又说:

"那姑娘我想该有了孩子吧?你要娶她,就快些娶她。"

侄儿回答:"她娘还不知道哩!要寻一个做媒的人。"

牵着一条牛,福发回来。婶婶望见了,她急旋着走回院中,假意收拾柴栏。叔叔到井边给牛喝水,他又拉着牛走了!婶婶好像小鼠一般又抬起头来,又和侄儿讲话:

"成业,我对你告诉吧!年青的时候,姑娘的时候,我也到河边去钓鱼,九月里落着毛毛雨的早晨,我披着蓑衣坐在河沿,没有想到,我也不愿意那样;我知道给男人做老婆是坏事,可是你叔叔,他从河沿把我拉到马房去,在马房里,我什么都完啦!可是我心也不害怕,我欢喜给你叔叔做老婆。这时节你看:我怕男人,男人和石块一般硬,叫我不敢触一触他。

"你总是唱什么落着毛毛雨,披蓑衣去打鱼……我再也不愿听这曲子,年青人什么也不可靠,你叔叔也唱这曲子哩!这时他再也不想从前了!那和死过的树一样不能再活。"

年青的男人不愿意听婶婶的话,转走到屋里,去喝一点酒。他为着酒,大胆把一切告诉了叔叔。福发起初只是摇头,后来慢慢的问着:

"那姑娘是十七岁吗?你是二十岁。小姑娘到咱们家里,会做什么活计?"

争夺着一般的,成业说:

"她长得好看哩!她有一双亮油油的黑辫子。什么活计她也能做,很有气力呢!"

成业的一些话,叔叔觉得他是喝醉了,往下叔叔没有说什么，坐在那里沉思过一会，他笑着望着他的女人：

"啊呀……我们从前也是这样哩！你忘记吗？那些事情，你忘记了吧！……哈……哈，有趣的呢，回想年青真有趣的哩。"

女人想过去拉着福发的臂，去抚媚他。但是没有动，她感到男人的笑脸不是从前的笑脸，她心中被他无数生气的面孔充塞住，她没有动，她笑一下赶忙又把笑脸收了回去。她怕笑得时间长，会要挨骂。男人叫把酒杯拿过去，女人听了这话，听了命令一般把杯子拿给他。于是丈夫也昏沉地睡在炕上。

女人悄悄地蹑脚着走出了停在门边，她听着纸窗在耳边鸣，她完全无力，完全灰色下去。场院前，蜻蜓们闹着向日葵的花。但这与年青的妇人绝对隔碍着。

纸窗渐渐的发白，渐渐可以分辨出窗棱来了！进过高粱地的姑娘一边幻想着一边哭，她是那样的低声，还不如窗纸的鸣响。

她的母亲翻转身时，哼着，有时也挫响牙齿。金枝怕要挨打，连在黑暗中把眼泪也拭得干净。老鼠一般的整夜好像睡在猫的尾巴下。通夜都是这样，每次母亲翻动时，像暴裂一般的，向自己的女孩的枕头的地方骂了一句：

"该死的！"

接着她便要吐痰，通夜是这样，她吐痰，可是她并不把痰吐到地上；她愿意把痰吐到女儿的脸上。这次转身她什么也没有吐，也没骂。

可是清早，当女儿梳好头辫，要走上田的时候，她疯着一

生死场　17

般夺下她的筐子：

"你还想摘柿子吗？金枝，你不像摘柿子吧？你把筐子都丢啦！我看你好像一点心肠也没有，打柴的人幸好是朱大爷，若是别人拾去还能找出来吗？若是别人拾得了筐子，名声也不能好听哩！福发的媳妇，不就是在河沿坏的事吗？全村就连孩子们也是传说。唉！……那是怎样的人呀？以后婆家也找不出去。她有了孩子，没法做了福发的老婆，她娘为这事羞死了似的，在村子里见人，都不能抬起头来。"

母亲看着金枝的脸色马上苍白起来，脸色变成那样脆弱。母亲以为女儿可怜了，但是她没晓得女儿的手从她自己的衣裳里边偷偷地按着肚子，金枝感到自己有了孩子一般恐怖。母亲说：

"你去吧！你可再别和小姑娘们到河沿去玩，记住，不许到河边去。"

母亲在门外看着姑娘走，她没立刻转回去，她停住在门前许多时间，姑娘眼望着加入田间的人群，母亲回到屋中一边烧饭，一边叹气，她体内像染着什么病患似的。

农家每天从田间回来才能吃早饭。金枝走回来时，母亲看见她手在按着肚子：

"你肚子疼吗？"

她被惊着了，手从衣裳里边抽出来，连忙摇着头："肚子不疼。"

"有病吗？"

"没有病。"

于是她们吃饭。金枝什么也没有吃下去，只吃过粥饭就离开饭桌了！母亲自己收拾了桌子说：

"连一片白菜叶也没吃呢！你是病了吧？"

等金枝出门时，母亲呼唤着：

"回来，再多穿一件夹袄，你一定是着了寒，才肚子疼。"

母亲加一件衣服给她，并且又说：

"你不要上地吧？我去吧！"

金枝一面摇着头走了！披在肩上的母亲的小袄没有扣钮子，被风吹飘着。

金枝家的一片柿地，和一个院宇那样大的一片。走进柿地嗅到辣的气味，刺人而说不定是什么气味。柿秧最高的有两尺高，在枝间挂着金红色的果实。每棵，每棵挂着许多，也挂着绿色或是半绿色的一些。除了另一块柿地和金枝家的柿地接连着，左近全是菜田了！八月里人们忙着扒"土豆"；也有的砍着白菜，装好车子进城去卖。

二里半就是种菜田的人。麻面婆来回地搬着大头菜，送到地端的车子上。罗圈腿也是来回向地端跑着，有时他抱了两棵大形的圆白菜，走起来两臂像是架着两块石头样。

麻面婆看见身旁别人家的倭瓜红了。她看一下，近处没有人，起始把靠菜地长着的四个大倭瓜都摘落下来了。两个和小西瓜一样大的，她叫孩子抱着。罗圈腿脸累得涨红和倭瓜一般红，他不能再抱动了！两臂像要被什么压掉一般。还没能到地端，刚走过金枝身旁，他大声求救似的：

"爹呀，西……西瓜快要摔啦，快要摔碎啦！"

他着忙把倭瓜叫西瓜。菜田许多人，看见这个孩子都笑了！凤姐望着金枝说：

"你看这个孩子,把倭瓜叫成西瓜。"

金枝看了一下,用面孔无心的笑了一下。二里半走过来,踢了孩子一脚;两个大的果实坠地了!孩子没有哭,发愕的站到一边。二里半骂他:

"混蛋,狗娘养的,叫你抱白菜,谁叫你摘倭瓜啦?……"

麻面婆在后面走着,她看到儿子遇了事,她巧妙地弯下身去,把两个更大的倭瓜丢进柿秧中。谁都看见她做这种事,只是她自己感到巧妙。二里半问她:

"你干的吗?糊涂虫!错非你……"

麻面婆哆嗦了一下,口齿比平常更不清楚了:"……我没……"

孩子站在一边尖锐地嚷着:"不是你摘下来叫我抱着送上车去吗?不认账!"

麻面婆她使着眼神,她急得要说出口来:"我是偷的呢!该死的……别嚷叫啦,要被人抓住啦!"

平常最没有心肠看热闹的,不管田上发生了什么事,也沉埋在那里的人们,现在也来围住她们了!这里好像唱着武戏,戏台上耍着他们一家三人。二里半骂着孩子:

"他妈的混账,不能干活,就能败坏,谁叫你摘倭瓜?"

罗圈腿那个孩子,一点也不服气地跑过去,从柿秧中把倭瓜滚弄出来了!大家都笑了,笑声超过人头。可是金枝好像患着传染病的小鸡一般,雾着眼睛蹲在柿秧下,她什么也没有理会,她逃出了眼前的世界。

二里半气愤得几乎不能呼吸,等他说出"倭瓜"是自家种的，为着留种子时候，麻面婆站在那里才松了一口气，她以为这没有什么过错，偷摘自己的倭瓜。她仰起头来向大家表白："你们看，我不知道，实在不知道倭瓜是自家的呢！"

麻面婆不管自己说话好笑不好笑，挤过人围，结果把倭瓜抱到车子那里。于是车子走向进城的大道，弯腿的孩子拐歪着跑在后面。马，车，人渐渐消失在道口了！

田间不断地讲着偷菜棵的事。关于金枝也起着流言：

"那个丫头也算完啦！"

"我早看她起了邪心，看她摘一个柿子要半天工夫；昨天把柿筐都忘在河沿！"

"河沿不是好人去的地方。"

凤姐身后，两个中年的妇人坐在那里扒胡萝卜。可是议论着，有时也说出一些淫污的话，使凤姐不大明白。

金枝的心总是悸动着，时间和苍蝇缕着丝线那样绵长；心境坏到极点。金枝脸色脆弱朦胧得像罩着一块面纱。她听一听口哨还没有响。辽阔的可以看到福发家的围墙，可是她心中的哥儿却永不见出来。她又继续摘柿子，无论青色的柿子她也摘下。她没能注意到柿子的颜色，并且筐子也满着了！她不把柿子送回家去，一些杂色的柿子，被她散乱地铺了满地。那边又有女人故意大声议论她：

"上河沿去跟男人，没羞的，男人扯开她的裤子？……"

金枝关于眼前的一切景物和声音，她忽略过去；她把肚子按得那样紧，仿佛肚子里面跳动了！忽然口哨传来了！她站起来，一个柿子被踏碎，像是被踏碎的蛤蟆一样，发出水声。她被跌倒了，口哨也跟着消灭了！以后无论她怎样听，口哨也不再响了。

金枝和男人接触过三次。第一次还是在两个月以前,可是那时母亲什么也不知道,直到昨天筐子落到打柴人手里,母亲算是渺渺茫茫的猜度着一些。

金枝过于痛苦了,觉得肚子变成个可怕的怪物,觉得里面有一块硬的地方,手按得紧些,硬的地方更明显。等她确信肚子有了孩子的时候,她的心立刻发呕一般颤索起来,她被恐怖把握着了。奇怪的,两个蝴蝶叠落着贴落在她的膝头。金枝看着这邪恶的一对虫子而不拂去它。金枝仿佛是米田上的稻草人。

母亲来了,母亲的心远远就系在女儿的身上。可是她安静的走来,远看她的身体几乎呈出一个完整的方形,渐渐可以辨得出她尖形的脚在袋口一般的衣襟下起伏的动作。在全村的老妇人中什么是她的特征呢?她发怒和笑着一般,眼角集着愉悦的多形的纹绉。嘴角也完全愉快着,只是上唇有些差别,在她真正愉快的时候,她的上唇短了一些。在她生气的时候,上唇特别长,而且唇的中央那一小部分尖尖的,完全像鸟雀的嘴。

母亲停住了。她的嘴是显着她的特征——全脸笑着,只是嘴和鸟雀的嘴一般。因为无数青色的柿子惹怒她了!金枝在沉想的深渊中被母亲踢打了:

"你发傻了吗?啊……你失掉了魂啦?我撕掉你的辫子……"

金枝没有挣扎,倒了下来:母亲和老虎一般捕住自己的女儿。金枝的鼻子立刻流血。

她小声骂她,大怒的时候她的脸色更畅快笑着,慢慢的掀着尖唇,眼角的线条更加多地组织起来。

"小老婆,你真能败毁。摘青柿子。昨夜我骂了你,不服气吗?"

母亲一向是这样,很爱护女儿,可是当女儿败坏了菜棵,母亲便去爱护菜棵了。农家无论是菜棵,或是一株茅草也要超过人的价值。

该睡觉的时候了!火绳从门边挂手巾的铁丝线上倒垂下来,屋中听不着一个蚊虫飞了!夏夜每家挂着火绳。那绳子缓慢而绵长的燃着。惯常了,那像庙堂中燃着的香火,沉沉的一切使人无所听闻,渐渐催人入睡。艾蒿的气味渐渐织入一些疲乏的梦魂去。蚊虫被艾蒿烟驱走。金枝同母亲还没有睡的时候,有人来在窗外,轻慢的咳嗽着。

母亲忙点灯火,门响开了!是二里半来了。无论怎样母亲不能把灯点着,灯心处,着水的炸响,母亲手中举着一枝火柴,把小灯列得和眉头一般高,她说:

"一点点油也没有了呢!"

金枝到外房去倒油。这个期间,他们谈说一些突然的事情。母亲关于这事惊恐似的,坚决地,感到羞辱一般地荡着头:

"那是不行,我的女儿不能配到那家子人家。"

二里半听着姑娘在外房盖好油罐子的声音,他往下没有说什么。金枝站在门限向妈妈问:"豆油没有了,装一点水吧?"

金枝把小灯装好,摆在炕沿,燃着了!可是二里半到她家来的意义是为着她,她一点不知道。二里半为着烟袋向倒悬的

生死场　23

火绳取火。

母亲,手在按住枕头,她像是想什么,两条直眉几乎相连起来。女儿在她身边向着小灯垂下头。二里半的烟火每当他吸过了一口便红了一阵。艾蒿烟混加着烟叶的气味,使小屋变做地下的窖子一样黑重!二里半作窘一般地咳嗽了几声。金枝把流血的鼻子换上另一块棉花。因为没有言语,每个人起着微小的潜意识的动作。

就这样坐着,灯火又响了。水上的浮油烧尽的时候,小灯又要灭,二里半沉闷着走了!二里半为人说媒被拒绝,羞辱一般地走了。

中秋节过去,田间变成残败的田间;太阳的光线渐渐从高空忧郁下来,阴湿的气息在田间到处撩走。南部的高粱完全睡倒下来,接接连连地望去,黄豆秧和揉乱的头发一样蓬蓬在地面,也有的地面完全拔秃着的。

早晨和晚间都是一样,田间憔悴起来。只见车子,牛车和马车轮轮滚滚的载满高粱的穗头,和大豆的秆秧。牛们流着口涎愚直的挂下着,发出响动的车子前进。

福发的侄子驱着一条青色的牛,向自家的场院载拖高粱。他故意绕走一条曲道,那里是金枝的家门,她心涨裂一般地惊慌,鞭子于是响来了。

金枝放下手中红色的辣椒,向母亲说:

"我去一趟茅屋。"

于是老太太自己串辣椒,她串辣椒和纺织一般快。

金枝的辫子毛毛着,脸是完全充了血。但是她患着病的现象,把她变成和纸人似的,像被风飘着似的出现房后的围墙。

你害病吗?倒是为什么呢?但是成业是乡村长大的孩子,他什么也不懂得问。他丢下鞭子,从围墙宛如飞鸟落过墙头,用腕力掳住病的姑娘;把她压在墙角的灰堆上,那样他不是想要接吻她,也不是想要热情的讲些情话,他只是被本能支使着想要动作一切。金枝打嘶着一般的说:

"不行啦!娘也许知道啦,怎么媒人还不见来?"

男人回答:

"嗳,李大叔不是来过吗?你一点不知道!他说你娘不愿意。明天他和我叔叔一道来。"

金枝按着肚子给他看,一面摇头:"不是呀!……不是呀!你看到这个样子啦!"

男人完全不关心,他小声响起:"管他妈的,活该愿意不愿意,反正是干啦!"

他的眼光又失常了,男人仍被本能不停的要求着。

母亲的咳嗽声,轻轻的从薄墙透出来。墙外青牛的角上挂着秋空的游丝。

母亲和女儿在吃晚饭,金枝呕吐起来,母亲问她:"你吃了苍蝇吗?"

她摇头,母亲又问:"是着了寒吧!怎么你总有病呢?你连饭都咽不下去。不是有痨病啦?!"

母亲说着去按女儿的腹部,手在夹衣上来回地摸了阵。手指四张着在肚子上思索了又思索:

"你有了痨病吧?肚子里有一块硬呢!有痨病人的肚子才

生死场 25

是硬一块。"

女儿的眼泪要垂流一般地挂到眼毛的边缘。最后滚动着从眼毛走下来了! 就是在夜里,金枝也起来到外边去呕吐,母亲迷蒙中听着叫娘的声音。窗上的月光差不多和白昼一般明,看得清金枝的半身拖在炕下,另半身是弯在枕上。头发完全埋没着脸面。等母亲拉她手的时候,她抽扭着说起:

"娘……把女儿嫁给福发的侄子吧! 我肚里不是……病,是……"

到这样时节母亲更要打骂女儿了吧? 可不是那样,母亲好像本身有了罪恶,听了这话,立刻麻木着了,很长的时间她像不存在一样。过了一刻母亲用她从不用过温和的声调说:

"你要嫁过去吗? 二里半那天来说媒,我是顶走他的,到如今这事怎么办呢?"

母亲似乎是平息了一下,她又想说,但是泪水塞住了她的嗓子,像是女儿窒息了她的生命似的,好像女儿把她羞辱死了!

三 老马走进屠场

老马走上进城的大道,"私宰场"就在城门的东边。那里的屠刀正张着,在等待这个残老的动物。

老王婆不牵着她的马儿,在后面用一条短枝驱着它前进。

大树林子里有黄叶回旋着,那是些呼叫着的黄叶。望向林子的那端,全林的树棵,仿佛是关落下来的大伞。凄沉的阳光,晒着所有的秃树。田间望遍了远近的人家。深秋的田地好像没有感觉的光了毛的皮革远近平铺着。夏季埋在植物里的家屋，现在在明显的好像突出地面一般，好像新从地面突出。

深秋带来的黄叶，赶走了夏季的蝴蝶。一张叶子落到王婆的头上，叶子是安静地伏贴在那里。王婆驱着她的老马，头上顶着飘落的黄叶；老马，老人，配着一张老的叶子，他们走在进城的大道。

道口渐渐看见人影，渐渐看见那个人吸烟，二里半迎面来了。他长形的脸孔配起摆动的身子来，有点像一个驯顺的猿猴。他说："唉呀！起得太早啦！进城去有事吗？怎么驱着马进城，不装车粮拉着？"

振一振袖子，把耳边的头发向后抚弄一下，王婆的手颤抖着说了："到日子了呢！下汤锅去吧！"王婆什么心情也没有，她看着马在吃道旁的叶子，她用短枝驱着又前进了。

二里半感到非常悲痛。他痉挛着了。过了一个时刻转过身来，他赶上去说："下汤锅是下不得的，……下汤锅是下不得……"但是怎样办呢？二里半连半句语言也没有了！他扭歪着身子跨到前面，用手摸一摸马儿的鬃发。老马立刻响着鼻子了！它的眼睛哭着一般，湿润而模糊。悲伤立刻掠过王婆的心孔。哑着嗓子，王婆说："算了吧！算了吧！不下汤锅，还不是等着饿死吗？"

深秋秃叶的树，为了惨厉的风变，脱去了灵魂一般吹啸着。马行在前面，王婆随在后面，一步一步屠场近着了；一步一步风声送着老马归去。

王婆她自己想着：一个人怎么变得这样厉害？年青的时候，不是常常为着送老马或是老牛进过屠场吗？她颤寒起来，

生死场 27

幻想着屠刀要像穿过自己的背脊,于是,手中的短枝脱落了!她茫然晕昏地停在道旁,头发舞着好像个鬼魂样。等她重新拾起短枝来,老马不见了!它到前面小水沟的地方喝水去了!这是它最末一次饮水吧!老马需要饮水,它也需要休息,在水沟旁倒卧下了!它慢慢呼吸着。王婆用低音,慈和的音调呼唤着:"起来吧!走进城去吧,有什么法子呢?"马仍然仰卧着。王婆看一看日午了,还要赶回去烧午饭,但,任她怎样拉缰绳,马仍是没有移动。

王婆恼怒着了!她用短枝打着它起来。虽是起来,老马仍然贪恋着小水沟。王婆因为苦痛的人生,使她易于暴怒,树枝在马儿的脊骨上断成半截。

又安然走在大道上了!经过一些荒凉的家屋,经过几座颓败的小庙。一个小庙前躺着个死了的小孩,那是用一捆谷草束扎着的。孩子小小的头顶露在外面,可怜的小脚从草梢直伸出来;他是谁家的孩子睡在这旷野的小庙前?

屠场近着了,城门就在眼前,王婆的心更翻着不停了。

五年前它也是一匹年青的马,为了耕种,伤害得只有毛皮蒙遮着骨架。现在它是老了!秋末了!收割完了!无有用处了!只为一张马皮,主人忍心把它送进屠场。就是一张马皮的价值,地主又要从王婆的手里夺去。

王婆的心自己感觉得好像悬起来;好像要掉落一般,当她看见板墙钉着一张牛皮的时候。那一条小街尽是一些要摊落的房屋;女人啦,孩子啦,散集在两旁。地面踏起的灰粉,污没着鞋子;冲上人的鼻孔。孩子们拾起土块,或是垃圾团打击着马儿,王婆骂道:

"该死的呀！你们这该死的一群。"

这是一条短短的街。就在短街的尽头，张开两张黑色的门扇。再走近一点，可以发现门扇斑斑点点的血印。被血痕所恐吓的老太婆好像自己踏在刑场了！她努力镇压着自己，不让一些年青时所见到刑场上的回忆翻动。但，那回忆却连续地开始织张——一个小伙子倒下来了，一个老头也倒下来了！挥刀的人又向第三个人作着式子。

仿佛是箭，又像火刺烧着王婆，她看不见那一群孩子在打马，她忘记怎样去骂那一群顽皮的孩子。走着，走着，立在院心了。四面板墙钉住无数张毛皮。靠近房檐立了两条高杆，高杆中央横着横梁；马蹄或是牛蹄折下来用麻绳把两只蹄端扎连在一起，做一个叉形挂在上面，一团一团的肠子也搅在上面；肠子因为日久了，干成黑色不动而僵直的片状的绳索。并且那些折断的腿骨，有的从折断处涔滴着血。

在南面靠墙的地方也立着高杆，杆头晒着在蒸气的肠索。这是说，那个动物是被杀死不久哩！肠子还热着呀！

满院在蒸发腥气，在这腥味的人间，王婆快要变做一块铅了！沉重而没有感觉了！

老马——棕色的马，它孤独的站在板墙下，它借助那张钉好的毛皮在搔痒。此刻它仍是马，过一会它将也是一张皮了！

一个大眼睛的恶面孔跑出来，裂着胸襟。说话时，可见他胸膛在起伏：

"牵来了吗？啊！价钱好说，我好来看一下。"

王婆说："给几个钱我就走了！不要麻烦啦。"

那个人打一打马的尾巴，用脚踢一踢马蹄。这是怎样难忍的一刻呀!

王婆得到三张票子，这可以充纳一亩地租。看着钱比较自慰些，她低着头向大门出去，她想还余下一点钱到酒店去买一点酒带回去，她已经跨出大门，后面发着响声：

"不行，不行，……马走啦!"

王婆回过头来，马又走在后面；马什么也不知道，仍想回家。屠场中出来一些男人，那些恶面孔们，想要把马抬回去，终于马躺在道旁了！像树根盘结在地中。无法，王婆又走回院中，马也跟回院中。她给马搔着头顶，它渐渐卧在地面了！渐渐想睡着了！忽然王婆站起来向大门奔走。在道口听见一阵关门声。

她哪有心肠买酒？她哭着回家，两只袖子完全湿透。那好像是送葬归来一般。

家中地主的使人早等在门前，地主们就连一块铜板也从不舍弃在贫农们的身上，那个使人取了钱走去。

王婆半日的痛苦没有代价了！王婆一生的痛苦也都是没有代价。

四　荒山

冬天，女人们像松树子那样容易结聚，在王婆家里满炕坐着女人。五姑姑在编麻鞋，她为着笑，弄得一条针丢在席缝里，她寻找针的时候，做出可笑的姿势来，她像一个灵活的小鸽子站起来在炕上跳着走，她说：

"谁偷了我的针？小狗偷了我的针？"

"不是呀！小姑爷偷了你的针！"

新娶来的菱芝嫂嫂，总是爱说这一类的话。五姑姑走过去要打她。

"莫要打，打人将要找一个麻面的姑爷。"

王婆在厨房里这样搭起声来；王婆永久是一阵忧默，一阵欢喜，与乡村中别的老妇们不同。她的声音又从厨房打来：

"五姑姑编成几双麻鞋了？给小丈夫要多多编几双呀！"

五姑姑坐在那里做出表情来，她说：

"哪里有你这样的老太婆，快五十岁了，还说这样话！"

王婆又庄严点说：

"你们都年青，哪里懂得什么，多多编几双吧！小丈夫才会希罕哩。"

大家哗笑着了！但五姑姑不敢笑，心里笑，垂下头去，假装在席上找针。等菱芝嫂把针还给五姑姑的时候，屋子安然下来，厨房里王婆用刀刮着鱼鳞的声响，和窗外雪擦着窗纸的声响，混杂在一起了。

王婆用冷水洗着冻冰的鱼，两只手像个胡萝卜样。她走到炕沿，在火盆边烘手。生着斑点在鼻子上，新死去丈夫的妇人放下那张小破布，在一堆乱布里去寻更小的一块；她速速地穿补。她的面孔有点像王婆，腮骨很高，眼睛和琉璃一般深嵌在好像小洞似的眼眶里；并且也和王婆一样，眉峰是突出的。那个女人不喜欢听一些妖艳的词句，她开始追问王婆：

"你的第一家那个丈夫还活着吗？"

两只在烘着的手，有点腥气；一颗鱼鳞掉下去，小小发出响声，微微上腾着烟。她用盆边的灰把烟埋住，她慢慢摇着

生死场　31

头，没有回答那个问话。鱼鳞烧的烟有点难耐，每个人皱一下鼻头，或是用手揉一揉鼻头。生着斑点的寡妇，有点后悔，觉得不应该问这话。墙角坐着五姑姑的姐姐，她用麻绳穿着鞋底的沙音单调地起落着。

厨房的门，因为结了冰，破裂一般地鸣叫。

"呀！怎么买这些黑鱼？"

大家都知道是打鱼村的李二婶子来了。听了声音，就可以想象她梢长的身子。

"真是快过年了？真有钱买这些鱼？"

在冷空气中，音波响得很脆；刚踏进里屋，她就看见炕上坐满着人："都在这儿聚堆呢！小老婆们！"

她生得这般瘦，腰，临风就要折断似的；她的奶子那样高，好像两个对立的小岭。斜面看她的肚子似乎有些不平起来。靠着墙给孩子吃奶的中年妇人，望察着而后问：

"二婶子，不是又有了呵？"

二婶子看一看自己的腰身说：

"像你们呢！怀里抱着，肚子里还装着……"

她故意在讲骗话，过了一会她坦白地告诉大家：

"那是三个月了呢？你们还看不出？"

菱芝嫂在她肚皮上摸了一下，她邪昵地浅浅地笑了：

"真没出息，整夜尽搂着男人睡吧？"

"谁说？你们新媳妇，才那样。"

"新媳妇……？哼！倒不见得！"

"像我们都老了！那不算一回事啦，你们年青，那才了不得哪！小丈夫才会新鲜哩！"

每个人为了言词的引诱,都在幻想着自己,每个人都有些心跳;或是每个人的脸发烧。就连没出嫁的五姑姑都感着神秘而不安了!她羞羞迷迷地经过厨房回家去了!只留下妇人们在一起,她们言调更无边际了!王婆也加入这一群妇人的队伍,她却不说什么,只是帮助着笑。

在乡村永久不晓得,永久体验不到灵魂,只有物质来充实她们。

李二婶子小声问菱芝嫂;其实小声人们听得更清!

"一夜几回呢?"

菱芝嫂她毕竟是新嫁娘,她猛然羞着了!不能开口。李二婶子的奶子颤动着,用手去推动菱芝嫂:

"说呀!你们年青,每夜要有那事吧?"

在这样的当儿二里半的婆子进来了!二婶子推撞菱芝嫂一下:

"你快问问她!"

"你们一夜几回?"

那个傻婆娘一向说话是有头无尾:

"十多回。"

全屋人都笑得流着眼泪了!孩子从母亲的怀中起来,大声地哭号。

李二婶子静默一会,她站起来说:

"月英要吃咸黄瓜,我还忘了,我是来拿黄瓜。"

李二婶子,拿了黄瓜走了,王婆去烧晚饭,别人也陆续着回家了。王婆自己在厨房里炸鱼。为了烟,房中也不觉得寂寞。

生死场

鱼摆在桌子上,平儿也不回来,平儿的爹爹也不回来,暗色的光中王婆自己吃饭,热气作伴着她。

月英是打鱼村最美丽的女人。她家也最贫穷,和李二婶子隔壁住着。她是如此温和,从不听她高声笑过,或是高声吵嚷。生就的一对多情的眼睛,每个人接触她的眼光,好比落到绵绒中那样愉快和温暖。

可是现在那完全消失了!每夜李二婶子听到隔壁惨厉的哭声;十二月严寒的夜,隔壁的哼声愈见浓重了!

山上的雪被风吹着像要埋蔽这傍山的小房似的。大树号叫,风雪向小房遮蒙下来。一株山边斜歪着的大树,倒折下来。寒月怕被一切声音扑碎似的,退缩到天边去了!这时候隔壁透出来的声音,更哀楚。

"你……你给我一点水吧!我渴死了!"

声音弱得柔惨欲断似的:

"嘴干死了!……把水碗给我呀!"

一个短时间内仍没有回应,于是那孱弱哀楚的小响不再作了!啜泣着,哼着,隔壁像是听到她流泪一般,滴滴点点的。

日间孩子们集聚在山坡,缘着树枝爬上去,顺着结冰的小道滑下来,他们有各样不同的姿势——倒滚着下来,两腿分张着下来,也有冒险的孩子,把头向下,脚伸向空中溜下来。常常他们要跌破流血回家。冬天,对于村中的孩子们,和对于花果同样暴虐。他们每人的耳朵春天要脓涨起来,手或是脚都裂开条口,乡村的母亲们对于孩子们永远和对敌人一般。当孩子把爹爹的棉帽偷着戴起跑出去的时候，妈妈追在后面打骂着夺回来，妈妈们摧残孩子永久疯狂着。

王婆约会五姑姑来探望月英。正走过山坡，平儿在那里。平儿偷穿着爹爹的大毡靴子；他从山坡逃奔了！靴子好像两只大熊掌样挂在那个孩子的脚上。平儿蹒跚着了！从上坡滚落着了！可怜的孩子带着那样黑大不相称的脚，球一般滚转下来，跌在山根的大树杆上。王婆宛如一阵风落到平儿的身上；那样好像山间的野兽要猎食小兽一般凶暴。终于王婆提了靴子，平儿赤着脚回家，使平儿走在雪上，好像使他走在火上一般不能停留。任孩子走得怎样远，王婆仍是说着：

"一双靴子要穿过三冬，踏破了哪里有钱买？你爹进城去都没穿哩！"

月英看见王婆还不及说话，她先哑了嗓子，王婆把靴子放在炕下，手在抹擦鼻涕：

"你好了一点？脸孔有一点血色了！"

月英把被子推动一下，但被子仍然伏盖在肩上，她说：

"我算完了，你看我连被子都拿不动了！"

月英坐在炕的当心。那幽黑的屋子好像佛龛，月英好像佛龛中坐着的女佛。用枕头四面围住她，就这样过了一年。一年月英没能倒下睡过。她患着瘫病，起初她的丈夫替她请神，烧香，也跑到土地庙前索药。后来就连城里的庙也去烧香；但是奇怪的是月英的病并不为这些香烟和神鬼所治好。以后做丈夫的觉得责任尽到了，并且月英一个月比一个月加病，做丈夫的感着伤心！他嘴里骂：

"娶了你这样老婆，真算不走运气！好像娶个小祖宗来

生死场　35

家,供奉着你吧!"

起初因为她和他分辩,他还打她。现在不然了,绝望了!晚间他从城里卖完青柴回来,烧饭自己吃,吃完便睡下,一夜睡到天明;坐在一边那个受罪的女人一夜呼唤到天明。宛如一个人和一个鬼安放在一起,彼此不相关联。

月英说话只有舌尖在转动。王婆靠近她,同时那一种难忍的气味更强烈了!更强烈的从那一堆污浊的东西,发散出来。月英指点身后说:

"你们看看,这是那死鬼给我弄来的砖,他说我快死了!用不着被子了!用砖依住我,我全身一点肉都瘦空。那个没有天良的,他想法折磨我呀!"

五姑姑觉得男人太残忍,把砖块完全抛下炕去,月英的声音欲断一般又说:

"我不行啦!我怎么能行,我快死啦!"

她的眼睛,白眼珠完全变绿,整齐的一排前齿也完全变绿,她的头发烧焦了似的,紧贴住头皮。她像一头患病的猫儿,孤独而无望。

王婆给月英围好一张被子在腰间,月英说:

"看看我的身下,脏污死啦!"

王婆下地用条枝拢了盆火,火盆腾着烟放在月英身后。王婆打开她的被子时,看见那一些排泄物淹浸了那座小小的骨盆。五姑姑扶住月英的腰,但是她仍然使人心楚的在呼唤!

"唉哟,我的娘!……唉哟疼呀!"

她的腿像一双白色的竹竿平行着伸在前面。她的骨架在炕上正确的做成一个直角,这完全用线条组成的人形,只有头阔大些,头在身子上仿佛是一个灯笼挂在杆头。

王婆用麦草揩着她的身子,最后用一块湿布为她擦着。五姑姑在背后把她抱起来,当擦臀部下时,王婆觉得有小小白色的东西落到手上,会蠕行似的。借着火盆边的火光去细看,知道那是一些小蛆虫,也知道月英的臀下是腐了,小虫在那里活跃。月英的身体将变成小虫们的洞穴!王婆问月英:

"你的腿觉得有点痛没有?"

月英摇头。王婆用冷水洗她的腿骨,但她没有感觉,整个下体在那个瘫人像是外接的,是另外的一件物体。当给她一杯水喝的时候,王婆问:

"牙怎么绿了?"

终于五姑姑到隔壁借一面镜子来,同时她看了镜子,悲痛沁人心魂的她大哭起来。但面孔上不见一点泪珠,仿佛是猫忽然被斩轧,她难忍的声音,没有温情的声音,开始低嘎。

她说:"我是个鬼啦!快些死了吧!活埋了我吧!"

她用手来撕头发,脊骨摇扭着。一个长久的时间她忙乱的不停。现在停下了,她是那样无力,头是歪的横在肩上;她又那样微微地睡去。

王婆提了靴子走出这个傍山的小房。荒寂的山上有行人走在天边,她昏旋了!为着强的光线,为着瘫人的气味,为着生、老、病、死的烦恼,她的思路被一些烦恼的波所遮拦。

五姑姑当走进大门时向王婆打了个招呼。留下一段更长的路途,给那个经验过多样人生的老太婆去走吧!

王婆束紧头上的蓝布巾,加快了速度,雪在脚下也相伴而狂速地呼叫。

生死场 37

三天以后，月英的棺材抬着横过荒山而奔着埋葬去，葬在荒山下。

死人死了！活人计算着怎样活下去。冬天女人们预备夏季的衣裳；男人们计虑着怎样开始明年的耕种。

那天赵三进城回来，他披着两张羊皮回家。王婆问他：

"哪里来的羊皮？——你买的吗？……哪来的钱呢……？"

赵三有什么事在心中似的，他什么也没言语。摇闪的经过炉灶，通红的火光立刻鲜明着他，走出去了。

夜深的时候他还没有回来。王婆命令平儿去找他。平儿的脚已是难于行动，于是王婆就到二里半家去，他不在二里半家。他到打鱼村去了。赵三阔大的喉咙从李青山家的窗纸透出，王婆知道他又是喝过了酒。当她推门的时候她就说：

"什么时候了？还不回家去睡？"

这样立刻全屋别的男人们也把嘴角合起来。王婆感到不能意料了。青山的女人也没在家，孩子也不见。赵三说：

"你来干么？回去睡吧！我就去……去……"

王婆看一看赵三的脸神，看一看周围也没有可坐的地方，她转身出来，她的心徘徊着。

——青山的媳妇怎么不在家呢？这些人是在做什么？

又是一个晚间。赵三穿好新制成的羊皮小袄出去。夜半才回来。披着月亮敲门。王婆知道他又是喝过了酒，但他睡的时候，王婆一点酒味也没嗅到。那么出去做些什么呢？总是愤怒地归来。

李二婶子拖了她的孩子来了,她问:

"是地租加了价吗?"

王婆说:"我还没听说。"

李二婶子做出一个确定的表情:

"是的呀!你还不知道吗?三哥天天到我家去和他爹商量这事。我看这种情形非出事不可,他们天天夜晚计算着,就连我,他们也躲着。昨夜我站在窗外才听到他们说哩!'打死他吧!那是一块恶祸。'你想他们是要打死谁呢?这不是要出人命吗?"

李二婶子抚着孩子的头顶,有一点哀怜的样子:

"你要劝说三哥,他们若是出了事,像我们怎样活?孩子还都小着哩!"

五姑姑和别的村妇们带着她们的小包袱,约会着来的,踏进来的时候,她们是满脸盈笑。可是立刻她们转变了,当她们看见李二婶子和王婆默无言语的时候。

也把事件告诉了她们,她们也立刻忧郁起来,一点闲情也没有!一点笑声也没有,每个人痴呆地想了想,惊恐地探问了几句。五姑姑的姐姐,她是第一个扭着大圆的肚子走出去,就这样一个连着一个寂寞地走去。她们好像群聚的鱼似的,忽然有钓竿投下来,她们四下分行去了!

李二婶子仍没有走,她为的是嘱告王婆怎样破坏这件险事。

赵三这几天常常不在家吃饭;李二婶子一天来过三四次:

"三哥还没回来?他爹爹也没回来。"

生死场　39

一直到第二天下午赵三回来了,当进门的时候,他打了平儿,因为平儿的脚病着,一群孩子集到家来玩。在院心放了一点米,一块长板用短条棍架着,条棍上系着根长绳,绳子从门限拉进去,雀子们去啄食谷粮,孩子们蹲在门限守望,什么时候雀子满集成堆时,那时候,孩子们就抽动绳索。许多饥饿的麻雀丧亡在长板下。厨房里充满了雀毛的气味,孩子们在灶堂里熟食过许多雀子。

赵三焦烦着,他看着一只鸡被孩子们打住。他把板子给踢翻了!他坐在炕沿上燃着小烟袋,王婆把早饭从锅里摆出来。他说:

"我吃过了!"

于是平儿来吃这些残饭。

"你们的事情预备得怎样了?能下手便下手。"

他惊疑。怎么会走漏消息呢?王婆又说:

"我知道的,我还能弄只枪来。"

他无从想象自己的老婆有这样的胆量。王婆真的找来一支老洋炮。可是赵三还从没用过枪。晚上平儿睡了以后王婆教他怎样装火药,怎样上炮子。

赵三对于他的女人慢慢感着可以敬重!但是更秘密一点的事情总不向她说。

忽然从牛棚里发现五个新镰刀。王婆意度这事情是不远了!

李二婶子和别的村妇们挤上门来探听消息的时候,王婆的头沉埋一下,她说:

"没有那回事,他们想到一百里路外去打围,弄得几张兽皮大家分用。"

是在过年的前夜，事情终于发生了！北地端鲜红的血染着雪地；但事情做错了！赵三近些日子有些失常，一条梨木杆打折了小偷的腿骨。他去呼唤二里半，想要把那小偷丢在土坑去，用雪埋起来。二里半说：

"不行，开春时节，土坑发现死尸，传出风声，那是人命哩！"

村中人听着极痛的呼叫，四面出来寻找。赵三拖着独腿人转着弯跑，但他不能把他掩藏起来。在赵三惶恐的心情下，他愿意寻到一个井把他放下去。赵三弄了满手血。

惊动了全村的人，村长进城去报告警所。

于是赵三去坐监狱，李青山他们的"镰刀会"少了赵三也就衰弱了！消灭了！

正月末赵三受了主人的帮忙，把他从监狱提放出来。那时他头发很长，脸也灰白了些，他有点苍老。

为着给那个折腿的小偷做赔偿，他牵了那条仅有的牛上市去卖；小羊皮袄也许是卖了？再不见他穿了！

晚间李青山他们来的时候，赵三忏悔一般地说：

"我做错了！也许是我该招的灾祸：那是一个天将黑的时候，我正喝酒，听着平儿大喊有人偷柴。刘二爷前些日子来说要加地租，我不答应，我说我们联合起来不给他加，于是他走了！过了几天他又来，说，非加不可。再不然叫你们滚蛋！我说好啊！等着你吧！那个管事的，他说，你还要造反？不滚蛋，你们的草堆，就要着火！我只当是那个小子来点着我的柴堆呢！拿着杆子跑出去就把腿给打断了！打断了也甘心，谁想那是一个小偷？哈哈！小偷倒霉了！就是治好，那也是跛子了！"

关于"镰刀会"的事情他像忘记了一般，李青山问他：

"我们应该怎样铲除刘二爷那恶棍？"

是赵三说的话：

"打死他吧！那个恶祸。"

还是从前他说的话，现在他又不那样说了：

"铲除他又能怎样？我招灾祸，刘二爷也向东家（地主）说了不少好话。从前我是错了！也许现在是受了责罚！"

他说话时不像从前那样英气了！脸上有点带着忏悔的意味。羞惭和不安了。王婆坐在一边，听了这话她后脑上的小发卷也像生着气：

"我没见过这样的汉子，起初看来还像一块铁，后来越看越是一堆泥了！"

赵三笑了："人不能没有良心！"

于是好良心的赵三天天进城，弄一点白菜担着给东家送去，弄一点地豆也给东家送去。为着送这一类菜，王婆同他激烈地吵打，但他绝对保持着他的良心。

有一天少东家出来，站在门阶上像训诲着他一般：

"好险！若不为你说一句话，三年大狱你可怎么蹲呢？那个小偷他算没走好运吧！你看我来着手给你办，用不着给他接腿，让他死了就完啦。你把卖牛的钱也好省下，我们是'地东''地户'哪有看着过去的……"

说话的中间，间断了一会，少东家把话尾落到别处去：

"不过今年地租是得加。左近地邻不都是加了价吗？地东地户年头多了，不过得……少加一点。"

过不了几天小偷从医院抬出来，可真的死了就完了！把赵三的牛钱归还一半，另一半少东家说是用做杂费了。

二月了。山上的积雪现出毁灭的色调。但荒山上却有行人来往。渐渐有送粪的人担着担子行过荒凉的山岭。农民们蛰伏的虫子样又醒过来。渐渐送粪的车子也忙着了！只有赵三的车子没有牛挽，平儿冒着汗和爹爹并架着车辕。

地租就这样加成了！

五　羊群

平儿被雇做了牧羊童。他追打群羊跑遍山坡。山顶像是开着小花一般，绿了！而变红了！山顶拾野菜的孩子，平儿不断地戏弄她们，他单独地赶着一只羊去吃她们筐子里拾得的野菜。有时他选一条大身体的羊，像骑马一样地骑着来了！小的女孩们吓得哭着，她们看他像个猴子坐在羊背上。平儿从牧羊时起，他的本领渐渐得以发展。他把羊赶到荒凉的地方去，招集村中所有的孩子练习骑羊。每天那些羊和不喜欢行动的猪一样散遍在旷野。

行在归途上，前面白茫茫的一片，他在最后的一个羊背上，仿佛是大将统治着兵卒一般，他手耍着鞭子，觉得十分得意。

"你吃饱了吗？午饭。"

赵三对儿子温和了许多。从遇事以后他好像是温顺了。

那天平儿正戏耍在羊背上,在进大门的时候,羊疯狂地跑着,使他不能从羊背跳下,那样他像耍着的羊背上张狂的猴子。一个下雨的天气,在羊背上进大门的时候,他把小孩撞倒,主人用拾柴的耙子把他打下羊背来。仍是不停,像打着一块死肉一般。

夜里,平儿不能睡,辗翻着不能睡,爹爹动着他庞大的手掌拍抚他:

"跑了一天!还不困倦,快快睡吧!早早起来好上工!"

平儿在爹爹温顺的手下,感到委屈了!

"我挨打了!屁股疼。"

爹爹起来,在一个纸包里取出一点红色的药粉给他涂擦破口的地方。

爹爹是老了!孩子还那样小,赵三感到人活着没有什么意趣了。第二天平儿去上工被辞退回来,赵三坐在厨房用谷草正织鸡笼,他说:

"好啊!明天跟爹爹去卖鸡笼吧!"

天将明,他叫着孩子:

"起来吧,跟爹爹去卖鸡笼。"

王婆把米饭用手打成坚实的团子,进城的父子装进衣袋去,算做午餐。

第一天卖出去的鸡笼很少,晚间又都背着回来。王婆弄着米缸响:

"我说多留些米吃,你偏要卖出去……又吃什么呢?……又吃什么呢?"

老头子把怀中的铜板给她,她说:

"不是今天没有吃的,是明天呀?"

赵三说:"明天,那好说,明天多卖出几个笼子就有了!"

一个上午,十个鸡笼卖出去了!只剩三个大些的,堆在那里。爹爹手心上数着票子,平儿在吃饭团。

"一百枚还多着,我们该去喝碗豆腐脑来!"

他们就到不远的那个布棚下,蹲在担子旁吃着冒气的食品。是平儿先吃,爹爹的那碗才正在上面倒醋。平儿对于这食品是怎样新鲜呀!一碗豆腐脑是怎样舒畅着平儿的小肠子呀!他的眼睛圆圆的把一碗豆腐脑吞食完了!

那个叫卖人说:"孩子再来一碗吧!"

爹爹惊奇着:"吃完了?"

那个叫卖人把勺子放下锅去说:"再来一碗算半碗的钱吧!"

平儿的眼睛溜着爹爹把碗给过去。他喝豆腐脑作出大大的抽响来。赵三却不那样,他把眼光放在鸡笼的地方,慢慢吃,慢慢吃终于也吃完了!他说:

"平儿,你吃不下吧?倒给我碗点。"

平儿倒给爹爹很少很少。给过钱爹爹去看守鸡笼。平儿仍在那里,孩子贪恋着一点点最末的汤水,头仰向天,把碗扣在脸上一般。

菜市上买菜的人经过,若注意一下鸡笼,赵三就说:

"买吧!仅是十个铜板。"

终于三个鸡笼没有人买,两个分给爹爹,留下的一个,在平儿的背上突起着。经过牛马市,平儿指嚷着:

"爹爹,咱们的青牛在那儿。"

大鸡笼在背上荡动着,孩子去看青牛。赵三笑了,向那个卖牛人说:

"又出卖吗?"

说着这话,赵三无缘地感到酸心。到家他向王婆说:

"方才看见那条青牛在市上。"

"人家的了,就别提了。"王婆整天的不耐烦。

卖鸡笼渐渐的赵三会说价了;慢慢的坐在墙根他会招呼了!也常常给平儿买一两块红绿的糖球吃。后来连饭团也不用带。

他弄些铜板每天交给王婆,可是她总不喜欢,就像无意之中把钱放起来。

二里半又给说妥一家,叫平儿去做小伙计。孩子听了这话,就生气。

"我不去,我不能去,他们好打我呀!"平儿为了卖鸡笼所迷恋:

"我还是跟爹爹进城。"

王婆绝对主张孩子去做小伙计。她说:

"你爹爹卖鸡笼你跟着做什么?"

赵三说:"算了吧,不去不去吧。"

铜板兴奋着赵三,半夜他也是织鸡笼,他向王婆说:

"你就不好也来学学,一种营生呢?还好多织几个。"

但是王婆仍是去睡,就像对于他织鸡笼,怀着不满似的。就像反对他织鸡笼似的。

平儿同情着父亲，他愿意背鸡笼，多背一个。爹爹说：

"不要背了！够了！"

他又背一个，临出门时他又找个小一点的提在手里，爹爹问：

"你能拿动吗？送回两个去吧，卖不完啊！"

有一次从城里割一斤肉回来，吃了一顿像样的晚餐。

村中妇人羡慕王婆：

"三哥真能干哩！把一条牛卖掉，不能再种粮食，可是这比种粮食更好，更能得钱。"

经过二里半门前，平儿把罗圈腿也领进城去。平儿向爹爹要了铜板给小朋友买两片油煎馒头。又走到敲铜锣搭着小棚的地方去挤撞，每人花一个铜板看一看"西洋景"（街头影戏）。那是从一个嵌着小玻璃镜，只容一只眼睛的地方看进去，里面有一张放大的画片活动着。打仗的，拿着枪的，很快又换上一张别样的。耍画片的人一面唱，一面讲：

"这又是一片洋人打仗。你看'老毛子'夺城，那真是哗啦啦！打死的不知多少……"

罗圈腿嚷着看不清，平儿告诉他："你把眼睛闭起一个来！"

可是不久这就完了！从热闹的，孩子热爱着的城里把他们又赶出来。平儿又被装进这睡着一般的乡村。原因，小鸡初生卵的时节已经过去。家家把鸡笼全预备好了。

平儿不愿跟着，赵三自己进城，减价出卖。后来折本卖。最后他也不去了。厨房里鸡笼靠墙高摆起来。这些东西从前会使赵三欢喜，现在会使他生气。

生死场 47

平儿又骑在羊背上去牧羊。但是赵三是受了挫伤！

六　刑罚的日子

房后的草堆上，温暖在那里蒸腾起了。全个农村跳跃着泛滥的阳光。小风开始荡漾田禾。夏天又来到人间，叶子上树了！假使树会开花，那么花也上树了！

房后草堆上，狗在那里生产。大狗四肢在颤颤，全身抖擞着。经过一个长时间，小狗生出来。

暖和的季节，全村忙着生产。大猪带着成群的小猪喳喳地跑过，也有的母猪肚子那样大，走路时快要接触着地面，它多数的乳房有什么在充实起来。

那是黄昏时候，五姑姑的姐姐她不能再延迟，她到婆婆屋中去说：

"找个老太太来吧！觉着不好。"

回到房中放下窗帘和幔帐。她开始不能坐稳，她把席子卷起来，就在草上爬行。收生婆来时，她乍望见这房中，她就把头扭着。她说：

"我没见过，像你们这样大户人家，把孩子还要养到草上。'压柴，压柴，不能发财。'"

家中的婆婆把席下的柴草又都卷起来，土炕上扬起灰尘。光着身子的女人，和一条鱼似的，她爬在那里。

黄昏以后，屋中起着烛光。那女人是快生产了，她小声叫号了一阵，收生婆和一个邻居的老太婆架扶着她，让她坐起来，在炕上微微地移动。可是罪恶的孩子，总不能生产，闹着夜半过去,外面鸡叫的时候,女人忽然苦痛得脸色灰白,脸色转黄,全家人不能安定。为她开始预备葬衣,在恐怖的烛光里四下翻寻衣裳,全家为了死的黑影所骚动。

赤身的女人,她一点不能爬动,她不能为生死再挣扎最后的一刻。天渐亮了。恐怖仿佛是僵尸,直伸在家屋。

五姑姑知道姐姐的消息,来了,正在探询:

"不喝一口水吗?她从什么时候起?"

一个男人撞进来,看形象是一个酒疯子。他的半面脸,红而肿起,走到幔帐的地方,他吼叫:

"快给我的靴子!"

女人没有应声,他用手撕扯幔帐,动着他厚肿的嘴唇:

"装死吗?我看看你还装死不装死!"

说着他拿起身边的长烟袋来投向那个死尸。母亲过来把他拖出去。每年是这样,一看见妻子生产他便反对。

日间苦痛减轻了些,使她清明了!她流着大汗坐在幔帐中,忽然那个红脸鬼,又撞进来,什么也不讲,只见他怕人的手中举起大水盆向着帐子抛来。最后人们拖出去他。

大肚子的女人,仍涨着肚皮,带着满身冷水无言地坐在那里。她几乎一动不敢动,她仿佛是在父权下的孩子一般怕着她的男人。

她又不能再坐住,她受着折磨,产婆给换下她着水的上衣。门响了她又慌张了,要有神经病似的。一点声音不许她哼叫,受罪的女人,身边若有洞,她将跳进去!身边若有毒药,她将吞下去,她仇视着一切,窗台要被她踢翻。她愿意把自己的腿弄断,宛如进了蒸笼,全身将被热力所撕碎一般呀!

生死场　49

产婆用手推她的肚子：

"你再刚强一点，站起来走走，孩子马上就会下来的，到了时候啦！"

走过一个时间，她的腿颤颤得可怜。患着病的马一般，倒了下来。产婆有些失神色，她说：

"媳妇子怕要闹事，再去找一个老太太来吧！"

五姑姑回家去找妈妈。

这边孩子落产了，孩子当时就死去！用人拖着产妇站起来，立刻孩子掉在炕上，像投一块什么东西在炕上响着。女人横在血光中，用肉体来浸着血。

窗外，阳光晒满窗子，屋内妇人为了生产疲乏着。

田庄上绿色的世界里，人们晒着汗滴。

四月里，鸟雀们也孵雏了！常常看见黄嘴的小雀飞下来，在檐下跳跃着啄食。小猪的队伍逐渐肥起来，只有女人在乡村夏季更贫瘦，和耕种的马一般。

刑罚，眼看降临到金枝的身上，使她短的身材，配着那样大的肚子，十分不相称。金枝还不像个妇人，仍和一个小女孩一般。但是肚子膨胀起了！快做妈妈了，妇人们的刑罚快擒着她。

并且她出嫁还不到四个月，就渐渐会诅咒丈夫，渐渐感到男人是严凉的人类！那正和别的村妇一样。

坐在河边沙滩上，金枝在洗衣服。红日斜照着河水，对岸林子的倒影，随逐着红波模糊下去！

成业在后边，站在远远的地方：

"天黑了呀!你洗衣裳,懒老婆,白天你做什么来?"

天还不明,金枝就摸索着穿起衣裳。在厨房,这大肚子的小女人开始弄得厨房蒸着气。太阳出来,铲地的工人肩着锄头回来。堂屋挤满着黑黑的人头,吞饭,吞汤的声音,无纪律地在响。

中午又烧饭;晚间烧饭,金枝过于疲乏了!腿子痛得折断一般。天黑下来卧倒休息一刻。在她迷茫中她坐起来,知道成业回来了!努力掀起在睡的眼睛,她问:

"才回来?"

过了几分钟,她没有得到答话。只看男人解脱衣裳,她知道又要挨骂了!正相反,没有骂,金枝感到背后温热一些,男人努力低音向她说话:

"……"

金枝被男人朦胧着了!

立刻,那和灾难一般,跟着快乐而痛苦追来了。金枝不能烧饭。村中的产婆来了!她在炕角苦痛着脸色,她在那里受着刑罚,王婆来帮助她把孩子生下来。王婆摇着她多经验的头颅:

"危险,昨夜你们必定是不安着的。年青什么也不晓得,肚子大了,是不许那样的。容易丧掉性命!"

十几天以后金枝又行动在院中了!小金枝在屋中哭唤她。

牛或是马在不知觉中忙着栽培自己的痛苦。夜间乘凉的时候,可以听见马或是牛棚做出异样的声音来。牛也许是为了自己的妻子而角斗,从牛棚撞出来了。木杆被撞掉,狂张着,成业去拾了耙子猛打疯牛。于是又安然被赶回棚里。

在乡村，人和动物一起忙着生，忙着死……

二里半的婆子和李二婶子在地端相遇：

"啊呀！你还能弯下腰去？"

"你怎么样？"

"我可不行了呢？"

"你什么时候的日子？"

"就是这几天。"

外面落着毛毛雨。忽然二里半的家屋吵叫起来！傻婆娘一向生孩子是闹惯了的，她大声哭，她怨恨男人：

"我说再不要孩子啦！没有心肝的，这不都是你吗？我算死在你身上！"

惹得老王婆扭着身子闭住嘴笑。过了一会傻婆娘又滚转着高声嚷叫：

"肚子疼死了，拿刀快把我肚子给割开吧！"

吵叫声中看得见孩子的圆头顶。

在这时候，五姑姑变青脸色，走进门来，她似乎不会说话，两手不住地扭绞：

"没有气了！小产了，李二婶子快死了呀！"

王婆就这样丢下麻面婆赶向打鱼村去。另一个产婆来时，麻面婆的孩子已在土炕上哭着。产婆洗着刚会哭的小孩。

等王婆回来时，窗外墙根下，不知谁家的猪也正在生小猪。

七 罪恶的五月节

五月节来临，催逼着两件事情发生：王婆服毒，小金枝惨死。

弯月相同弯刀刺上林端。王婆散开头发，她走向房后柴栏，在那儿她轻开篱门。柴栏外是墨沉沉的静甜的，微风不敢惊动这黑色的夜画；黄瓜爬上架了！玉米响着雄宽的叶子，没有蛙鸣，也少虫声。

王婆披着散发，幽魂一般的，跪在柴草上，手中的杯子放到嘴边。一切涌上心头，一切诱惑她。她平身向草堆倒卧过去。被悲哀汹淘着大哭了。

赵三从睡床上起来，他什么都不清楚，柴栏里，他带点愤怒对待王婆：

"为什么？在发疯！"

他以为她是闷着刺到柴栏去哭。

赵三撞到草中的杯子了，使他立刻停止一切思维。他跑到屋中，灯光下，发现黑色浓重的液体东西在杯底。他先用手拭一拭，再用舌尖拭一拭，那是苦味。

"王婆服毒了！"

次晨村中嚷着这样的新闻。村人凄静的断续的来看她。

赵三不在家，他跑出去，乱坟岗子上，给她寻个位置。

乱坟岗子上活人为死人掘着坑子了，坑子深了些，二里半先跌下去。下层的湿土，翻到坑子旁边，坑子更深了！大了！几个人都跳下去，铲子不住地翻着，坑子埋过人腰。外面的土堆涨过人头。

生死场

坟场是死的城廓,没有花香,没有虫鸣,即使有花,即使有虫,那都是唱奏着别离歌,陪伴着说不尽的死者永久的寂寞。

乱坟岗子是地主施舍给贫苦农民们死后的住宅。但活着的农民,常常被地主们驱逐,使他们提着包袱,提着小孩,从破房子再走进更破的房子去。有时被逐着在马棚里借宿。孩子们哭闹着马棚里的妈妈。

赵三去进城,突然的事情打击着他,使他怎样柔弱呵!遇见了打鱼村进城卖菜的车子,那个驱车人麻麻烦烦地讲一些:

"菜价低了,钱帖毛荒。粮食也不值钱。"

那个车夫打着鞭子,他又说:

"只有布匹贵,盐贵。慢慢一家子连咸盐都吃不起啦!地租是增加,还叫老庄活不活呢?"

赵三跳上车,低了头坐在车尾的辕边。两条衰乏的腿子,凄凉地挂下,并且摇荡。车轮在辙道上哐啷地牵响。

城里,大街上拥挤着了!菜市过量的纷嚷,围着肉铺,人们吵架一般。忙乱的叫卖童,手中花色的葫芦随着空气而跳荡,他们为了"五月节"而癫狂。

赵三他什么也没看见,好像街上的人都没有了!好像街是空街。但是一个小孩跟在后面:

"过节了,买回家去,给小孩玩吧!"

赵三不听见这话,那个卖葫芦的孩子,好像自己不是孩子,自己是大人了一般,他追逐。

"过节了!买回家去给小孩玩吧!"

柳条枝上各色花样的葫芦好像一些被系住的蝴蝶,跟住赵三在后面跑。

　　一家棺材铺，红色的，白色的，门口摆了多多少少，他停在那里。孩子也停止追逐。

　　一切预备好！棺材停在门前，掘坑的铲子停止翻扬了！

　　窗子打开，使死者见一见最后的阳光。王婆跳突着胸口，微微尚有一点呼吸，明亮的光线照拂着她素静的打扮。已经为她换上一件黑色棉裤和一件浅色短单衫。除了脸是紫色，临死她没有什么怪异的现象，人们吵嚷说：

　　"抬吧！抬她吧！"

　　她微微尚有一点呼吸，嘴里吐出一点点的白沫，这时候她已经被抬起来了。外面平儿急叫：

　　"冯丫头来了！冯丫头！"

　　母女们相逢太迟了！母女们永远永远不会再相逢了！那个孩子手中提了小包袱，慢慢慢慢走到妈妈面前。她细看一看，她的脸孔快要接触到妈妈脸孔的时候，一阵清脆的暴裂的声浪嘶叫开来。她的小包袱滚滚着落地。

　　四围的人，眼睛和鼻子感到酸楚和湿浸。谁能止住被这小女孩唤起的难忍的酸痛而不哭呢？不相关联的人混同着女孩哭她的母亲。

　　其中新死去丈夫的寡妇哭得最厉害，也最哀伤。她几乎完全哭着自己的丈夫，她完全幻想是坐在她丈夫的坟前。

　　男人们嚷叫："抬呀！该抬了。收拾妥当再哭！"

　　那个小女孩感到不是自己家，身边没有一个亲人，她不哭了。

　　服毒的母亲眼睛始终是张着，但她不认识女儿，她什么也

生死场　　55

不认识了!停在厨房板块上,口吐白沫,她微微心坎尚有一点跳动。

赵三坐在炕沿,点上烟袋。女人们找一条白布给女孩包在头上,平儿把白带束在腰间。

赵三不在屋的时候,女人们便开始问那个女孩:

"你姓冯的那个爹爹多咱死的?"

"死两年多。"

"你亲爹呢?"

"早回山东了!"

"为什么不带你们回去?"

"他打娘,娘领着哥哥和我到了冯叔叔家。"

女人们探问王婆旧日的生活,她们为王婆感动。那个寡妇又说:

"你哥怎不来?回家去找他来看看娘吧!"

包白头的女孩,把头转向墙壁,小脸孔又爬着眼泪了!她努力咬住嘴唇,小嘴唇偏张开,她又张着嘴哭了!接受女人们的温情使她大胆一点,走到娘的近边,紧紧摄住娘的冰寒的手指,又用手给妈妈抹擦唇上的泡沫。小心孔只为母亲所惊扰,她带来的包袱踏在脚下。女人们又说:

"家去找哥哥来看看你娘吧!"

一听说哥哥,她就要大哭,又勉强止住。那个寡妇又问:

"你哥哥不在家吗?"

她终于用白色的包头布拢络住脸孔大哭起来了。借了哭势,她才敢说到哥哥:

"哥哥前天死了呀:官项捉去枪毙的。"

包头布从头上扯掉。孤独的孩子癫痫着一般用头摇着母亲的心窝哭：

"娘呀……娘呀……"

她再什么也不会哭诉，她还小呢！

女人们彼此说："哥哥多久死的？怎么没听……"

赵三的烟袋出现在门口，他听清她们议论王婆的儿子。赵三晓得那小子是个"红胡子"。怎样死的，王婆服毒不是听说儿子枪毙才自杀的吗？这只有赵三晓得。他不愿意叫别人知道，老婆自杀还关联着某个匪案，他觉得当土匪无论如何是有些不光明。

摇起他的烟袋来，他僵直的空的声音响起，用烟袋催逼着女孩：

"你走好啦！她已死啦！没有什么看的，你快走回你家去！"

小女孩被爹爹抛弃，哥哥又被枪毙了，带来包袱和妈妈同住，妈妈又死了，妈妈不在，让她和谁生活呢？

她昏迷地忘掉包袱，只顶了一块白布，离开妈妈的门庭。离开妈妈的门庭，那有点像丢开她的心让她远走一般。

赵三因为他年老。他心中裁判着年青人：

"私姘妇人，有钱可以，无钱怎么也去姘？没见过。到过节，那个淫妇无法过节，使他去抢，年青人就这样丧掉性命。"

当他看到也要丧掉性命的自己的老婆的时候，他非常仇恨那个枪毙的小子。当他想起去年冬天，王婆借来老洋炮的那回事，他又佩服人了：

生死场 57

"久当胡子哩！不受欺侮哩！"

妇人们燃柴，锅渐渐冒气。赵三燃着烟袋他来去踱走。过一会他看看王婆仍少少有一点气息，气息仍不断绝。他好像为了她的死等待得不耐烦似的，他困倦了，依着墙瞌睡。

长时间死的恐怖，人们不感到恐怖！人们集聚着吃饭，喝酒，这时候王婆在地下作出声音，看起来，她紫色的脸变成淡紫。人们放下杯子，说她又要活了吧？

不是那样，忽然从她的嘴角流出一些黑血，并且她的嘴唇有点像是起动，终于她大吼两声，人们瞪住眼睛说她就要断气了吧！

许多条视线围着她的时候，她活动着想要起来了！人们惊慌了！女人跑在窗外去了！男人跑去拿挑水的扁担。说她是死尸还魂。

喝过酒的赵三勇猛着：

"若让她起来，她会抱住小孩死去，或是抱住树，就是大人她也有力量抱住。"

赵三用他的大红手贪婪着把扁担压过去。扎实的刀一般的切在王婆的腰间。她的肚子和胸膛突然增涨，像是鱼泡似的。她立刻眼睛圆起来，像发着电光。她的黑嘴角也动了起来，好像说话，可是没有说话，血从口腔直喷，射了赵三的满单衫。赵三命令那个人：

"快轻一点压吧！弄得满身血。"

王婆就算连一点气息也没有了！她被装进等在门口的棺材里。

后村的庙前，两个村中无家可归的老头，一个打着红灯笼，一个手提水壶，领着平儿去报庙。绕庙走了三周，他们顺着毛毛的行人小道回来，老人念一套成谱调的话，红灯笼伴了孩子头上的白布，他们回家去。平儿一点也不哭，他只记住那年妈妈死的时候不也是这样报庙吗？

王婆的女儿却没能同来。

王婆的死信传遍全村，女人们坐在棺材边大大地哭起！扭着鼻涕，号啕着：哭孩子的，哭丈夫的，哭自己命苦的，总之，无管有什么冤屈都到这里来送了！村中一有年岁大的人死，她们，女人之群们，就这样做。

将送棺材上坟场！要钉棺材盖了！

王婆终于没有死，她感到寒凉，感到口渴，她轻轻说：

"我要喝水！"

但她不知道，她是睡在什么地方。

五月节了，家家门上挂起葫芦。二里半那个傻婆子屋里有孩子哭着，她却蹲在门口拿刷马的铁耙子给羊刷毛。

二里半跛着脚。过节，带给他的感觉非常愉快。他在白菜地看见白菜被虫子吃倒几棵。若在平日他会用短句咒骂虫子，或是生气把白菜用脚踢着。但是现在过节了，他一切愉快着，他觉得自己是应该愉快。走在地边他看一看柿子还没有红，他想摘几个青柿子给孩子吃吧！过节了！

全村表示着过节，菜田和麦地，无管什么地方都是静静的，甜美的。虫子们也仿佛比平日会唱了些。

过节渲染着整个二里半的灵魂。他经过家门没有进去，把柿子扔给孩子又走了！他要趁起这样愉快的日子会一会朋友。

左近邻居的门上都挂了纸葫芦,他经过王婆家,那个门上摆荡着的是绿色的葫芦。再走,就是金枝家。金枝家,门外没有葫芦,门里没有人了!二里半张望好久:孩子的尿布在锅灶旁被风吹着,飘飘的在浮游。

小金枝来到人间才够一月,就被爹爹摔死了:婴儿为什么来到这样的人间?使她带了怨恨回去!仅仅是这样短促呀!仅仅是几天的小生命!

小小的孩子睡在许多死人中,她不觉得害怕吗?妈妈走远了!妈妈啜泣听不见了!

天黑了!月亮也不来为孩子做伴。

五月节的前些日子,成业总是进城跑来跑去。家来和妻子吵打。他说:

"米价落了!三月里买的米现在卖出去折本一少半。卖了还债也不足,不卖又怎么能过节?"

并且他渐渐不爱小金枝,当孩子夜里把他吵醒的时候,他说:

"拼命吧!闹死吧!"

过节的前一天,他家什么也没预备,连一斤面粉也没买。烧饭的时候豆油罐子什么也倒流不出。

成业带着怒气回家,看一看还没有烧菜。他厉声嚷叫:

"啊!像我……该饿死啦,连饭也没得吃……我进城……我进城。"

孩子在金枝怀中吃奶。他又说:

"我还有好的日子吗?你们累得我,使我做强盗都没有机会。"

金枝垂了头把饭摆好,孩子在旁边哭。

成业看着桌上的咸菜和粥饭,他想了一刻又不住地说起:

"哭吧!败家鬼,我卖掉你去还债!"

孩子仍哭着,妈妈在厨房里,不知是扫地,还是收拾柴堆。爹爹发火了:

"把你们都一块卖掉,要你们这些吵家鬼有什么用……"

厨房里的妈妈和火柴一般被燃着:

"你像个什么?回来吵打,我不是你的冤家,你会卖掉,看你卖吧!"

爹爹飞着饭碗!妈妈暴跳起来。

"我卖,我摔死她吧!……我卖什么!"

就这样小生命被截止了!

王婆听说金枝的孩子死,她要来看看,可是她只扶了杖子立起又倒卧下来。她的腿骨被毒质所侵还不能行走。

年青的妈妈过了三天她到乱坟岗子去看孩子。但那能看到什么呢?被狗扯得什么也没有。

成业他看到一堆草染了血,他幻想是捆小金枝的草吧!他俩背向着流过眼泪。

乱坟岗子不知晒干多少悲惨的眼泪?永年悲惨的地带,连个乌鸦也不落下。

成业又看见一个坟窟,头骨在那里重见天日。

走出坟场,一些棺材,坟堆,死寂死寂的印象催迫着他们加快着步速。

八　蚊虫繁忙着

她的女儿来了！王婆的女儿来了！

王婆能够拿着鱼竿坐在河沿钓鱼了！她脸上的纹褶没有什么增多或减少。这证明她依然没有什么变动，她还必须活下去。

晚间河边蛙声震耳。蚊子从河边的草丛出发，嗡声喧闹的队伍，迷漫着每个家庭。日间太阳也炎热起来！太阳烧上人们的皮肤，夏天，田庄上人们怨恨太阳和怨恨一个恶毒的暴力者一般。全个田间，一个大火球在那里滚转。

但是王婆永久欢迎夏天。因为夏天有肥绿的叶子，肥的园林，更有夏夜会唤起王婆诗意的心田，她该开始向着夏夜述说故事。今夏她什么也不说了！她偎在窗下和睡了似的，对向幽邃的天空。

蛙鸣震碎人人的寂寞，蚊虫骚扰着不能停息。

这相同平常的六月，这又是去年割麦的时节。王婆家今年没种麦田。她更忧伤而悄默了！当举着钓竿经过作浪的麦田时，她把竿头的绳线缭绕起来，她仰了头，望着高空，就这样睬也不睬地经过麦田。

王婆的性情更恶劣了！她又酗酒起来。她每天钓鱼。全家人的衣服她不补洗，她只每夜烧鱼，吃酒，吃得醉疯疯的，满院，满屋她旋走；她渐渐要到树林里去旋走。

有时在酒杯中她想起从前的丈夫；她痛心看见来在身边孤独的女儿，总之在喝酒以后她更爱烦想。

现在她近于可笑，和石块一般沉在院心，夜里她习惯于院中睡觉。

在院中睡觉被蚊虫迷绕着，正像蚂蚁群拖着已腐的苍蝇。她是再也没有心情了吧！再也没有心情生活！

王婆被蚊虫所食，满脸起着云片，皮肤肿起来。

王婆在酒杯中也回想着女儿初来的那天，女儿横在王婆怀中：

"妈呀！我想你是死了！你的嘴吐着白沫，你的手指都凉了呀！……哥哥死了，妈妈也死了，让我到哪里去讨饭吃呀！……他们把我赶出时，带来的包袱都忘下啦，我哭……哭昏啦……妈妈，他们坏心肠，他们不叫我多看你一刻……"

后来孩子从妈妈怀中站起来时，她说出更有意义的话：

"我恨死他们了！若是哥哥活着，我一定告诉哥哥把他打死。"

最后那个女孩，拭干眼泪说：

"我必定要像哥哥……"

说完她咬一下嘴唇。

王婆思想着女孩怎么会这样烈性呢？或者是个中用的孩子？

王婆忽然停止酗酒，她每夜，开始在林中教训女儿，在静的林里，她严峻地说：

"要报仇。要为哥哥报仇，谁杀死你的哥哥？"

女孩子想："官项杀死哥哥的。"她又听妈妈说：

"谁杀死哥哥，你要杀死谁……"

女孩想过十几天以后，她向妈妈踌躇着：

"是谁杀死哥哥？妈妈明天领我去进城，找到那个仇人，等后来什么时候遇见他我好杀死他。"

孩子说了孩子话，使妈妈笑了！使妈妈心痛。

王婆同赵三吵架的那天晚上，南河的河水涨出了河床。南河沿嚷着：

"涨大水啦！涨大水啦！"

人们来往在河边，赵三在家里也嚷着：

"你快叫她走，她不是我家的孩子，你的崽子我不招留。快——"

第二天家家的麦子送上麦场。第一场割麦，人们要吃一顿酒来庆祝。赵三第一年不种麦，他家是静悄悄的。有人来请他，他坐到别人欢说着的酒桌前，看见别人欢说，看见别人收麦，他红色的大手在人前窘迫着了！不住地胡乱地扭搅，可是没有人注意他，种麦人和种麦人彼此谈说。

河水落了却带来众多的蚊虫。夜里蛤蟆的叫声，好像被蚊子嗡嗡地压住似的。日间蚊群也是忙飞。只有赵三非常哑默。

九　传染病

乱坟岗子，死尸狼藉在那里。无人掩埋，野狗活跃在尸群里。

太阳血一般昏红。从朝至暮蚊虫混同着蒙雾充塞天空。高粱、玉米和一切菜类被人丢弃在田圃，每个家庭是病的家庭，是将要绝灭的家庭。

全村静悄了。植物也没有风摇动它们。一切沉浸在雾中。

赵三坐在南地端出卖五把新镰刀。那是组织"镰刀会"时剩下的。他正看着那伤心的遗留物,村中的老太太来问他:

"我说……天象,这是什么天象?要天崩地陷了。老天爷叫人全死吗?唉……"

老太婆离去赵三,曲背立即消失在雾中,她的语声也像隔远了似的:

"天要灭人呀!……老天早该灭人啦!人世尽是强盗,打仗,杀害,这是人自己招的罪……"

渐渐远了!远处听见一个驴子在号叫,驴子号叫在山坡吗?驴子号叫在河沟吗?

什么也看不见,只能听闻:那是,二里半的女人作嘎的不愉悦的声音来近赵三。赵三为着镰刀所烦恼,他坐在雾中,他用烦恼的心思在妒恨镰刀,他想:

"青牛是卖掉了!麦田没能种起来。"

那个婆子向他说话,但他没有注意到。那个婆子被脚下的土块跌倒,她起来时慌张着,在雾层中看不清她怎样张惶。她的音波织起了网状的波纹,和老大的蚊音一般:

"三哥,还坐在这里?家怕是有'鬼子'来了,就连小孩子,'鬼子'也要给打针,你看我把孩子抱出来,就是孩子病死也甘心,打针可不甘心。"

麻面婆离开赵三去了!抱着她未死的,连哭也不会哭的孩子沉没在雾中。

太阳变成暗红的放大而无光的圆轮,当在人头。昏茫的村庄埋着天然灾难的种子,渐渐种子在滋生。

传染病和放大的太阳一般勃发起来,茂盛起来!

生死场　65

赵三踏着死蛤蟆走路,人们抬着棺材在他身边暂时现露而滑过去!一个歪斜面孔的小脚女人跟在后面,她小小的声音哭着。又听到驴子叫,不一会驴子闪过去,背上驮着一个重病的老人。

西洋人,人们叫他"洋鬼子",身穿白外套,第二天雾退时,白衣人来到赵三的窗外,他嘴上挂着白囊,说起难懂的中国话:

"你的,病人的有?我的治病好,来。快快的。"

那个老的胖一些的,动一动胡子,眼睛胖得和猪眼一般,把头探着窗子望。

赵三着慌说没有病人,可是终于给平儿打针了!

"老鬼子"向那个"小鬼子"说话,嘴上的白囊一动一动的。管子,药瓶和亮刀从提包倾出,赵三去井边提一壶冷水。那个"鬼子"开始擦他通孔的玻璃管。

平儿被停在窗前的一块板上,用白布给他蒙住眼睛。隔院的人们都来看着,因为要晓得"鬼子"怎样治病,"鬼子"治病究竟怎样可怕。

玻璃管从肚脐下一寸的地方插下,五寸长的玻璃管只有半段在肚皮外闪光。于是人们捉紧孩子,使他仰卧不得摇动。"鬼子"开始一个人提起冷水壶,另一个对准那个长长的橡皮管顶端的漏水器。看起来"鬼子"像修理一架机器。四面围观的人好像有叹气的,好像大家一起在缩肩膀。孩子只是作出"呀!呀"的短叫,很快一壶水灌完了!最后在滚涨的肚子上擦一点黄色药水,用小剪子剪一块白绵贴住破口。就这样白衣"鬼子"提了提包轻便地走了!又到别人家去。

又是一天晴朗的日子，传染病患到绝顶的时候！女人们抱着半死的小孩子，女人们始终惧怕打针，惧怕白衣的"鬼子"用水壶向小孩肚里灌水。她们不忍看那肿涨起来奇怪的肚子。

恶劣的传闻布遍着：

"李家的全家死了！""城里派人来验查，有病象的都用车子拉进城去，老太婆也拉，孩子也拉，拉去打药针。"

人死了听不见哭声，静悄的抬着草捆或是棺材向着乱坟岗子走去，接接连连的，不断……

过午二里半的婆子把小孩送到乱坟岗子去！她看到别的几个小孩有的头发蒙住白脸，有的被野狗拖断了四肢，也有几个好好地睡在那里。

野狗在远的地方安然地嚼着碎骨发响。狗感到满足，狗不再为着追求食物而疯狂，也不再猎取活人。

平儿整夜呕着黄色的水，绿色的水，白眼珠满织着红色的丝纹。

赵三喃喃着走出家门，虽然全村的人死了不少，虽然庄稼在那里衰败，镰刀他却总想出卖，镰刀放在家里永久刺着他的心。

一〇　十年

十年前村中的山，山下的小河，而今依旧十年前，河水静静地在流，山坡随着季节而更换衣裳；大片的村庄生死轮回着和十年前一样。

屋顶的麻雀仍是那样繁多。太阳也照样暖和。山下有牧童在唱童谣，那是十年前的旧调："秋夜长，秋风凉，谁家的孩儿没有娘，谁家的孩儿没有娘，……月亮满西窗。"

什么都和十年前一样，王婆也似没有改变，只是平儿长大了！平儿和罗圈腿都是大人了！

王婆被凉风飞着头发，在篱墙外远听从山坡传来的童谣。

一一　年盘转动了

雪天里，村人们永没见过的旗子飘扬起，升上天空！

全村寂静下去，只有日本旗子在山岗临时军营门前，振荡地响着。

村人们在想：这是什么年月？中华国改了国号吗？

一二　黑色的舌头

宣传"王道"的旗子来了！带着尘烟和骚闹来的。

宽宏的夹树道，汽车闹嚣着了！

田间无际限的浅苗湛着青色。但这不再是静穆的村庄，人们已经失去了心的平衡。草地上汽车突起着飞尘跑过，一些红色绿色的纸片播着种子一般落下来。小茅房屋顶有花色的纸片在起落。附近大道旁的枝头挂住纸片，在飞舞嘶嘎。从城里出发的汽车又追踪着驰来。车上站着威风飘扬的日本人，高丽人，也站着威扬的中国人。车轮突飞的时候，车上每人手中的旗子摆摆有声，车上的人好像生了翅膀齐飞过去。那一些举着日本旗子做出媚笑杂样的人，消失在道口。

那一些"王道"的书篇飞到山腰去，河边去……

王婆立在门前，二里半的山羊下垂它的胡子。老羊轻轻走过正在繁茂的树下。山羊不再寻什么食物，它倦困了！它过于老，全身变成土一般的色毛。它的眼睛模糊好像垂泪似的。山羊完全幽默和可怜起来，拂摆着长胡子走向洼地。

对着前面的洼地，对着山羊，王婆追踪过去痛苦的日子。她想把那些日子捉回，因为今日的日子还不如昨日。洼地没人种，上岗那些往日的麦田荒乱在那里。她在伤心地追想。

日本飞机拖起狂大的嗡鸣飞过，接着天空翻飞着纸片。一张纸片落在王婆头顶的树枝，她取下看了看丢在脚下。飞机又过去时留下更多的纸片。她不再睬理一下那些纸片，丢在脚下来复地乱踏。

过了一会，金枝的母亲经过王婆，她手中捉住两只公鸡，她问王婆说：

"日子算是没法过了！可怎么过？就剩两只鸡，还得快快去卖掉！"

王婆问她："你进城去卖吗？"

"不进城谁家肯买？全村也没有几只鸡了！"

她向王婆耳语了一阵：

"日本子恶得很！村子里的姑娘都跑空了！年青的媳妇也是一样。我听说王家屯一个十三岁的小丫头叫日本子弄去了！半夜三更弄走的。"

"歇一歇腿再走吧！"王婆说。

她俩坐在树下。大地上的虫子并不鸣叫，只是她俩惨淡而忧伤地谈着。

生死场

公鸡在手下不时振动着膀子。太阳有点正中了!树影做成圆形。

村中添设出异样的风光,日本旗子,日本兵。人们开始讲究这一些:"王道"啦!日"满"亲善啦!快有"真龙天子"啦!

在"王道"之下,村中的废田多起来,人们在广场上忧郁着徘徊。

那老婆说到最后:

"我这些年来,都是养鸡,如今连个鸡毛也不能留,连个'啼明'的公鸡也不让留下。这是什么年头?……"

她震动一下袖子,有点癫狂似的,她立起来,踏过前面一块不耕的废田,废田患着病似的,短草在那婆婆的脚下不愉快地没有弹力地被踏过。

走得很远,仍可辨出两只公鸡是用那个挂下的手提着,另外一只手在面部不住地抹擦。

王婆睡下的时候,她听见远处好像有女人尖叫。打开窗子听一听……

再听一会警笛嚣叫起来,枪鸣起来,远处的人家闯入什么魔鬼了吗?

"你家有人没有?"

当夜日本兵,中国警察搜遍全村。这是搜到王婆家。她回答:

"有什么人?没有。"

他们掩住鼻子在屋中转了一个弯出去了。手电灯发青的光线乱闪着,临走出门栏,一个日本兵在铜帽子下面说中国话:

"也带走她。"

王婆完全听见他说的是什么:

"怎么也带女人吗?"她想,"女人也要捉去枪毙吗?"

"谁稀罕她,一个老婆子!"那个中国警察说。

中国人都笑了!日本人也瞎笑。可是他们不晓得这话是什么意思,别人笑,他们也笑。

真的,不知他们牵了谁家的女人,曲背和猪一般被他们牵走。在稀薄乱动的手电灯绿色的光线里面,分辨不出这女人是谁!

还没走出栏门他们就调笑那个女人。并且王婆看见那个日本"铜帽子"的手在女人的屁股上急忙地爬了一下。

一三　你要死灭吗?

王婆以为又是假装搜查到村中捉女人,于是她不想到什么恶劣的事情上去,安然地睡了!赵三那老头子也非常老了!他回来没有惊动谁也睡了!

过了夜,日本宪兵在门外轻轻敲门,走进来的,看样像个中国人,他的长靴染了湿淋的露水,从口袋取出手巾,摆出泰然的样子坐在炕沿慢慢擦他的靴子,访问就在这时开始:

"你家昨夜没有人来过?不要紧。你要说实话。"

赵三刚起来,意识有点不清,不晓得这是什么事情要发生。于是那个宪兵把手中的帽子用力抖了一下,不是柔和而不在意的态度了:"混蛋!你怎么不知道?等带去你就知道了!"

说了这样话并没带他去。王婆一面在扣衣纽一面抢说:

"问的是什么人?昨夜来过几个'老总',搜查没有什么就走了!"

那个军官样的把态度完全是对着王婆,用一种亲昵的声音问:

"老太太请告诉吧!有赏哩!"

王婆的样子仍是没有改变。那人又说:

"我们是捉胡子,有胡子乡民也是同样受害,你没见着昨天汽车来到村子宣传'王道'吗?'王道'叫人诚实。老太太说了吧!有赏呢!"

王婆面对着窗子照上来的红日影,她说:

"我不知道这回事。"

那个军官又想大叫,可是停住了,他的嘴唇困难地又动几下:

"'满洲国'要把害民的胡子扫清,知道胡子不去报告,查出来枪毙!"这时那个长靴人用斜眼神侮辱赵三一下。接着他再不说什么,等待答复,终于他什么也没得到答复。

还不到中午,乱坟岗子多了三个死尸,其中一个是女尸。

人们都知道那个女尸,就是在北村一个寡妇家搜出的那个"女学生"。

赵三听得别人说"女学生"是什么"党"。但是他不晓得什么"党"做什么解释。当夜在喝酒以后把这一切密事告诉了王婆,他也不知道那"女学生"倒有什么密事,到底为什么才死,他只感到不许传说的事情神秘,他也必定要说。

王婆她十分不愿意听,因为这件事发生,她担心她的女儿,她怕是女儿的命运和那个"女学生"一般样。

赵三的胡子白了!也更稀疏,喝过酒,脸更是发红,他任意把自己摊散在炕角。

平儿担了大捆的绿草回来,晒干可以成柴,在院心他把绿草铺平。进屋他不立刻吃饭,透汗的短衫脱在身边,他好像愤怒似的,用力来拍响他多肉的肩头,嘴里长长地吐着呼吸。过了长时间爹爹说:

"你们年青人应该有些胆量。这不是叫人死吗?亡国了!麦地不能种了,鸡犬也要死净。"

老头子说话像吵架一般。王婆给平儿缝汗衫上的大口,她感动了,想到亡国,把汗衫缝错了!她把两个袖口完全缝住。

赵三和一个老牛般样,年青时的气力全都消灭,只回想"镰刀会",又告诉平儿:

"那时候你还小着哩!我和李青山他们弄了个'镰刀会'。勇得很!可是我受了打击,那一次使我碰壁了,你娘去借只洋炮来,谁知还没有用洋炮,就是一条棍子出了人命,从那时起就倒霉了!一年不如一年活到如今。"

"狗,到底不是狼,你爹从出事以后,对'镰刀会'就没趣了!青牛就是那年卖的。"

她这样抢白着,使赵三感到羞耻和愤恨。同时自己为什么当时就那样卑小?心脏发燃了一刻,他说着使自己满意的话。

"这下子东家也不东家了!有日本子,东家也不好干什么!"

生死场　73

他为着充血的轻便的身子,他向树林那面去散步,那儿有树林,林梢在青色的天边图出美调的和舒卷着的云一样的弧线。青的天幕在前面直垂下来,曲卷的树梢花边一般地嵌上天幕。田间往日的蝶儿在飞,一切野花还不曾开。小草房一座一座地摊落着,有的留下残墙在晒阳光,有的也许是被炸弹带走了屋盖。房身整整齐齐地摆在那里。

赵三阔大开胸膛,他呼吸田间透明的空气。他不愿意走了,停脚在一片荒芜的,过去的麦地旁。就这样不多一时,他又感到烦恼,因为他想起往日自己的麦田而今丧尽在炮火下,在日本兵的足下必定不能够再长起来,他带着麦田的忧伤又走过一片瓜田,瓜田也不见了种瓜的人,瓜田尽被一些蒿草充塞。去年看守瓜的小房,依然存在;赵三倒在小房下的短草梢头。他欲睡了!朦胧中看见一些高丽人从大树林穿过。视线从地平面直发过去,那一些高丽人仿佛是走在天边。

假如没有乱插在地面的家屋,那么赵三他觉得自己是躺在天边了!

阳光迷住他的眼睛,使他不能再远看了!听得见村狗在远方无聊地吠叫。

如此荒凉的旷野,野狗也不到这里巡行。独有酒烧胸膛的赵三到这里巡行,但是他无有目的,任意足尖踏到什么地点,他走过无数秃田,他觉得过于可惜,点一点头,摆一摆手,不住地叹着气走回家去。

村中的寡妇多起来,前面是三个寡妇,其中的一个尚拉着她的孩子走。

红脸的老赵三走近家门又转弯了！他是那样信步而无主地走！忧伤在前面招示他，忽然间一个大凹洞，踏下脚去。他未曾注意这个，好像他一心要完成长途似的，继续前进。那里更有炸弹的洞穴，但不能阻碍他的去路，因为喝酒，壮年的血气鼓动他。

在一间破房子里，一只母猫正在哺乳一群小猫。他不愿看这些，他更走，没有一个熟人与他遇见。直到天西烧红着云彩，他滴血的心，垂泪的眼睛竟来到死去的年青时伙伴们的坟上，不带酒祭奠他们，只是无话坐在朋友们之前。

亡国后的老赵三，蓦然念起那些死去的英勇的伙伴！留下活着的老的，只有悲愤而不能走险了，老赵三不能走险了！

那是个繁星的夜，李青山发着疯了！他的哑喉咙，使他讲话带着神秘而紧张的声色。这是第一次他们大型的集会。在赵三家里，他们像在举行什么盛大的典礼，庄严与静肃。人们感到缺乏空气一般，人们连鼻子也没有一个作响。屋子不燃灯，人们的眼睛和夜里的猫眼一般，闪闪有磷光而发绿。

王婆的尖脚，不住地踏在窗外，她安静的手下提了一只破洋灯罩，她时时准备着把玻璃灯罩摔碎。她是个守夜的老鼠，时时防备猫来。她到篱笆外绕走一趟，站在篱笆外听一听他们的谈论高低，有没有危险性；手中的灯罩她时刻不能忘记。

屋中李青山固执而且浊重的声音继续下去：

"在这半月里，我才真知道人民革命军真是不行，要干人民革命军那就必得倒霉，他们尽是些'洋学生'，上马还得用人抬上去。他们嘴里就会狂喊'退却'。二十八日那夜外面下小雨,我们十个同志正吃饭,饭碗被炸碎了哩!派两个出去寻炸弹的来路。大家来想一想,两个'洋学生'跑出去,唉!丧气,被敌人追着连帽子都跑丢了,'学生'们常常给敌人打死。……"

罗圈腿插嘴了:"革命军还不如红胡子有用?"

月光照进窗来太暗了!当时没有人能发见罗圈腿发问时是个什么奇怪的神情。

李青山又在开始:

"革命军纪律可真厉害,你们懂吗?什么叫纪律?那就是规矩。规矩太紧,我们也受不了。比方吧:屯子里年青青的姑娘眼望着不准去……哈哈!我吃了一回苦,同志打了我十下枪柄哩!"

他说到这里,自己停下笑起来,但是没敢大声。他继续下去。

二里半对于这些事情始终是缺乏兴致,他在一边瞌睡,老赵三用他的烟袋锅撞一下在睡的缺乏政治思想的二里半,并且赵三大不满意起来:

"听着呀!听着,这是什么年头还睡觉?"

王婆的尖脚乱踏着地面作响一阵,人们听一听,没听到灯罩的响声,知道日本兵没有来,同时人们感到严重的气氛。李青山的计划严重着发表。

李青山是个农人,他尚分不清该怎样把事弄起来,只说着:

"屯子里的小伙子召集起来,起来救国吧!革命军那一群'学生'是不行。只有红胡子才有胆量。"

老赵三他的烟袋没有燃着,丢在炕上,急快地拍一下手他说:

"对!召集小伙子们,起名也叫革命军。"

其实赵三完全不能明白,因为他还不曾听说什么叫做革命军,他无由得到安慰,他的大手掌快乐地不停地撂着胡子。对于赵三这完全和十年前组织"镰刀会"同样兴致,也是暗室,也是静悄悄地讲话。

老赵三快乐得终夜不能睡觉,大手掌翻了个终夜。

同时站在二里半的墙外可以数清他鼾声的拍子。

乡间,日本人的毒手努力毒化农民,就说要恢复"大清国",要做"忠臣","孝子","节妇"。可是另一方面,正相反的势力也增长着。

天一黑下来就有人越墙藏在王婆家中,那个黑胡子的人每夜来,成为王婆的熟人。在王婆家吃夜饭,那人向她说:

"你的女儿能干得很,背着步枪爬山爬得快呢!可是……已经……"

平儿蹲在炕下,他吸爹爹的烟袋。轻微的一点妒嫉横过心面。他有意弄响烟袋在门扇上,他走出去了。外面是阴沉全黑的夜,他在黑色中消灭了自己。等他忧悒着转回来时,王婆已是在垂泪的境况。

那夜老赵三回来得很晚,那是因为他逢人便讲亡国,救国,义勇军,革命军……这一些出奇的字眼,所以弄得回来这样晚。快鸡叫的时候了!赵三的家没有鸡,全村听不见往日的

生死场

鸡鸣。只有褪色的月光在窗上,"三星"不见了,知道天快明了。

他把儿子从梦中唤醒,他告诉他得意的宣传工作:东村那个寡妇怎样把孩子送回娘家预备去投义勇军。小伙子们怎样准备集合。老头子好像已在衙门里做了官员一样,摇摇摆摆着他讲话时的姿势,摇摇摆摆着他自己的心情,他整个的灵魂在阔步!

稍微沉静一刻,他问平儿:

"那个人来了没有?那个黑胡子的人?"

平儿仍回到睡中,爹爹正鼓动着生力,他却睡了!爹爹的话在他耳边,像蚊虫嗡叫一般的无意义。赵三立刻动怒起来,他觉得他光荣的事业,不能有人传承下去,感到养了这样的儿子没用,他失望。

王婆一点声息也不作出,像是在睡般的。

明朝,黑胡子的人,忽然走来,王婆又问他:

"那孩子死的时候,你到底是亲眼看见她没有?"

他弄着骗术一般:

"老太太你怎么还不明白?不是老早就对你讲么?死了就死了吧!革命就不怕死,那是露脸的死啊……比当日本狗的奴隶活着强得多哪!"

王婆常常听他们这一类人说"死"说"活"……她也想死是应该,于是安静下去,用她昨夜为着泪水所侵蚀的眼睛观察那熟人急转的面孔。终于她接受了!那所有那人从囊中取出来的小本子和小字,充满在上面像黑点一般的零散的纸张,她全接受了！另外还有发亮的小枪一只也递给王婆。那个人急忙着要走，这时王婆又不自禁地问：

"她也是枪打死的吗？"

那人开门急走出去了！因为急走，那人没有注意到王婆。

王婆往日里，她不知恐怖，常常把那一些别人带来的小本子放在厨房里。有时她竟任意丢在席子下面。今天她却减少了胆量，她想那些东西若被搜查着，日本兵的刺刀会通刺了自己。她好像觉着自己的遭遇要和女儿一样似的，尤其是手掌里的小枪。她被恫吓着慢慢颤栗起来。女儿也一定被同样的枪杀死。她终止了想，她知道当前的事开始紧急。

赵三仓皇了脸回来，王婆没有理他走向后面柴堆那儿。柴草不似每年，那是烧空了！在一片平地上稀疏地生着马蛇菜。她开始掘地洞；听村狗在狂咬，她有些心慌意乱，把镰刀头插进土去无力拔出。她好像要倒落一般：全身受着什么压迫要把肉体解散了一般。过了一刻难忍昏迷的时间，她跑去呼唤她的老同伴。可是当走到房门又急转回来，她想起别人的训告：

——重要的事情谁也不能告诉，两口子也不能告诉。

那个黑胡子的人，向她说过的话也使她回想了一遍：

——你不要叫赵三知道，那老头子说不定和小孩子似的。

等她埋好之后，日本兵连续来过十几个。多半只戴了铜帽，连长靴都没穿就来了。人们知道他们又是在弄女人。

王婆什么观察力也失去了！不自觉地退缩在赵三的背后，就连那永久带着笑脸，常来王婆家搜查的日本官长，她也不认识了。临走时那人向王婆说"再见"，她直直迟疑着而不回答一声。

"拔"——"拔",就是出发的意思,老婆们给男人在搜集衣裳或是鞋袜。

李青山派人到每家去寻个公鸡,没得寻到,有人提议把二里半的老山羊杀了吧!山羊正走在李青山门前,或者是歇凉,或者是它走不动了!它的一只独角塞进篱墙的缝隙,小伙子们去抬它,但是无法把独角弄出。

二里半从门口经过,山羊就跟在后面回家去了!二里半说:

"你们要杀就杀吧!早晚还不是给日本子留着吗!"

李二婶子在一边说:

"日本子可不要它,老得不成样。"

二里半说:"日本子不要它,老也老死了!"

人们宣誓的日子到了!没有寻到公鸡,决定拿老山羊来代替。小伙子们把山羊抬着,在杆上四脚倒挂下去,山羊不住哀叫。二里半可笑的悲哀的形色跟着山羊走来,他的跌脚仿佛是一步一步把地面踏陷。波浪状的行走,愈走愈快!他的老婆疯狂的想把他拖回去,然而不能做到,二里半惶惶地走了一路。山羊被抬过一个山腰的小曲道。山羊被升上院心铺好红布的方桌。

东村的寡妇也来了!她在桌前跪下祷告了一阵,又到桌前点着两只红蜡烛。蜡烛一点着,二里半知道快要杀羊了。

院心除了老赵三那尽是一些年青的小伙子在走转。他们袒露胸臂,强壮而且凶横。

赵三总是向那个东村的寡妇说，他一看见她便宣传她。他一遇见事情，就不像往日那样贪婪吸他的烟袋。说话表示出庄严，连胡子也不动荡一下：

"救国的日子就要来到。有血气的人不肯当亡国奴，甘愿做日本刺刀下的屈死鬼。"

赵三只知道自己是中国人。无论别人对他解讲了多少遍，他总不能明白他在中国人中是站在怎样的阶级。虽然这样，老赵三也是非常进步，他可以代表整个的村人在进步着，那就是他从前不晓得什么叫国家，从前也许忘掉了自己是哪国的国民！

他不开言了！静站在院心，等待宏壮悲愤的典礼来临。

来到三十多人，带来重压的大会，可真的触到赵三了！使他的胡子也感到非常重要而不可挫碰一下。

四月里晴朗的天空从山脊流照下来，房周的大树群在正午垂曲地立在太阳下。畅明的天光与人们共同宣誓。

寡妇们和亡家的独身汉在青山喊过口号之后，完全用膝头曲倒在天光之下。羊的脊背流过天光，桌前的大红蜡烛在壮默的人头前面燃烧。李青山的大个子直立在桌前："弟兄们！今天是什么日子！知道吗？今天……我们去敢死……决定了……就是把我们的脑袋挂满了整个村子所有的树梢也情愿，是不是啊？……是不是……？弟兄们……？"

回声先从寡妇们传出："是呀！千刀万剐也愿意！"

哭声刺心一般痛，哭声方锥一般落进每个人的胸膛。一阵强烈的悲酸掠过低垂的人头，苍苍然蓝天欲坠了！

老赵三立到桌子前面，他不发声，先流泪：

"国……国亡了！我……我也……老了！你们还年青，你们去救国吧！我的老骨头再……再也不中用了！我是个老亡国奴，我不会眼见你们把日本旗撕碎，等着我埋在坟里……也要把中国旗子插在坟顶，我是中国人！……我要中国旗子，我不当亡国奴，生是中国人，死是中国鬼……不……不是亡……亡国奴……"

浓重不可分解的悲酸，使树叶垂头。赵三在红蜡烛前用力鼓了桌子两下，人们一起哭向苍天了！人们一起向苍天哭泣。大群的人起着号啕！

就这样把一只匣枪装好子弹摆在众人前面。每人走到那只枪口就跪倒下去"盟誓"：

"若是心不诚，天杀我，枪杀我，枪子是有灵有圣有眼睛的啊！"

寡妇们也是盟誓。也是把枪口对准心窝说话。只有二里半在人们宣誓之后快要杀羊时他才回来。从什么地方他捉一只公鸡来！只有他没曾宣誓，对于国亡，他似乎没什么伤心，他领着山羊，就回家去。

别人的眼睛，尤其是老赵三的眼睛在骂他：

"你个老跛脚的物，你，你不想活吗？……"

一四 到都市里去

临行的前夜，金枝在水缸沿上磨剪刀，而后用剪刀撕破死去孩子的尿布。年青的寡妇是住在妈妈家里。

"你明天一定走吗?"

在睡的身边的妈妈被灯光照醒,带着无限怜惜,在已决定的命运中求得安慰似的。

"我不走,过两天再走。"金枝答她。

又过了不多时老太太醒来,她再不能睡,当她看见女儿不在身边而在地心洗濯什么的时候,她坐起来问着:

"你是明天走吗?再住三两天不能够吧!"

金枝在夜里收拾东西,母亲知道她是要走。金枝说:

"娘,我走两天,就回来,娘……不要着急!"

老太太像在摸索什么,不再发声音。

太阳很高很高了,金枝尚偎在病母亲的身边,母亲说:

"要走吗?金枝!走就走吧!去赚些钱吧!娘不阻碍你。"母亲的声音有些惨然:

"可是要学好,不许跟着别人学,不许和男人打交道。"

女人们再也不怨恨丈夫。她向娘哭着:

"这不都是小日本子吗?挨千刀的小日本子!不走等死吗?"

金枝听老人讲,女人独自行路要扮个老相,或丑相,束上一条腰带她把油罐子挂在身边,盛米的小桶也挂在腰带上,包着针线和一些碎布的小包袱塞进米桶去,装作讨饭的老婆,用灰尘把脸涂得很脏并有条纹。

临走时妈妈把自己耳上的银环摘下,并且说:

"你把这个带去吧!放在包袱里,别叫人给你抢去,娘一个钱也没有,若饿肚时,你就去卖掉,买个干粮吃吧!"走出门去还听母亲说:"遇见日本子,你快伏在蒿子下。"

生死场

金枝走得很远，走下斜坡，但是娘的话仍是那样在耳边反复："买个干粮吃。"她心中乱地幻想，她不知走了多远，她像从家向外逃跑一般，速步而不回头。小道也尽是生着短草，即便是短草也障碍金枝赶路的脚。

日本兵坐着马车，口里吸烟，从大道跑过。金枝有点颤抖了！她想起母亲的话，很快躺在小道旁的蒿子里。日本兵走过，她心跳着站起，她四面惶惶在望：母亲在哪里？家乡离开她很远，前面又来到一个生疏的村子，使她感觉到走过无数人间。

红日快要落过天边去，人影横到地面杆子一般瘦长。踏过去一条小河桥，再没有多少路途了！

哈尔滨城渺茫中有工厂的烟囱插入云天。

金枝在河边喝水，她回头望向家乡，家乡遥远而不可见。只是高高的山头，山下分辨不清是烟是树，母亲就在烟树荫中。

她对于家乡的山是那般难舍，心脏在胸中飞起了！金枝感到自己的心已被摘掉不知抛向何处！她不愿走了，强行过河桥又入小道。前面哈尔滨城在招示她，背后家山向她送别。

小道不生蒿草，日本兵来时，让她躲身到地缝中去吗？她四面寻找，为了心脏不能平衡，脸面过量的流汗，她终于被日本兵寻到：

"你的……站住。"

金枝好比中了枪弹，滚下小沟去，日本兵走近，看一看她脏污的样子。他们和肥鸭一般，嘴里发响摆动着身子，没有理她走过去了！他们走了许久许久，她仍没起来，以后她哭着，木桶扬翻在那里，小包袱从木桶滚出。她重新走起时身影在地面越瘦越长起来，和细线似的。

金枝在夜的哈尔滨城，睡在一条小街阴沟板上。那条街是小工人和洋车夫们的街道。有小饭馆，有最下等的妓女，妓女们的大红裤子时时在小土房的门前出现。闲散的人，做出特别姿态，慢慢和大红裤子们说笑，后来走进小房去，过一会又走出来。但没有一个人理会破乱的金枝，她好像一个垃圾桶，好像一个病狗似的堆偎在那里。

这条街连警察也没有，讨饭的老婆和小饭馆的伙计吵架。

满天星火，但那都疏远了！那是与金枝绝缘的物体。半夜过后金枝身边来了一条小狗，也许小狗是个受难的小狗？这流浪的狗它进木桶去睡。金枝醒来仍没出太阳，天空多星充塞着。

许多街头流浪人，尚挤在饭馆门前，等候着最后的施舍。

金枝腿骨断了一般酸痛，不敢站起。最后她也挤进要饭人堆去，等了好久，伙计不见送饭出来，四月里露天宿睡打着透心的寒颤，别人看她的时候，她觉得这个样子难看，忍了饿又来在原处。

夜的街头，这是怎样的人间？金枝小声喊着娘，身体在阴沟板上不住地抽拍。绝望着，哭着，但是她和木桶里在睡的小狗一般同样不被人注意，人间好像没有他们存在。天明，她不觉得饿，只是空虚，她的头脑空空尽尽了！在街树下，一个缝补的婆子，她遇见对面去问：

"我是新来的，新从乡下来的……"

看她作窘的样子那个缝婆没理她，面色在清凉的早晨发着

生死场　　85

淡白走去。

卷尾的小狗偎依着木桶好像偎依妈妈一般,早晨小狗大约感到太寒。

小饭馆渐渐有人来往。一堆白热的馒头从窗口堆出。

"老婶娘,我新从乡下来,……我跟你去,去赚几个钱吧!"

第二次,金枝成功了,那个婆子领她走,一些搅扰的街道,发出浊气的街道,她们走过。金枝好像才明白,这里不是乡间了,这里只是生疏,隔膜,无情感。一路除了饭馆门前的鸡、鱼和香味,其余她都没有看见似的,都没有听闻似的。

"你就这样把袜子缝起来。"

在一个挂金牌的"鸦片专卖所"的门前,金枝打开小包,用剪刀剪了块布角,缝补不认识的男人的破袜。那婆子又在教她:

"你要快缝,不管好坏,缝住,就算。"

金枝一点力量也没有,好像愿意赶快死似的,无论怎样努力眼睛也不能张开。一部汽车擦着她的身边驰过,跟着警察来了,指挥她说:

"到那边去!这里也是你们缝穷的地方?"

金枝忙仰头说:"老总,我刚从乡下来,还不懂得规矩。"

在乡下叫惯了老总,她叫警察也是老总,因为她看警察也是庄严的样子,也是腰间佩枪。别人都笑她,那个警察也笑了。老缝婆又教说她:

"不要理他,也不必说话,他说你,你躲后一步就完。"

她,金枝立刻觉得自己发羞,看一看自己的衣裳也不和别人同样,她立刻讨厌从乡下带来的破罐子,用脚踢了罐子一下。

袜子补完,肚子空虚的滋味不见终止,假若得法,她要到无论什么地方去偷一点东西吃。很长时间她停住针,细看那个立在街头吃饼干的孩子,一直到孩子把饼干的最末一块送进嘴去,她仍在看。

"你快缝,缝完吃午饭……可是你吃了早饭没有?"

金枝感到过于亲热,好像要哭出来似的,她想说:

"从昨夜就没吃一点东西,连水也没喝过。"

中午来到,她们和从"鸦片馆"出来那些游魂似的人们同行着。女工店有一种特别不流通的气息,使金枝想到这又不是乡村,但是那一些停滞的眼睛,黄色脸,直到吃过饭,大家用水盆洗脸时她才注意到,全屋五丈多长,没有隔壁,墙的四周涂满了臭虫血,满墙拖长着黑色紫色的血点。一些污秽发酵的包袱围墙堆集着。这些多样的女人,好像每个患着病似的,就在包袱上枕了头讲话:

"我那家子的太太,待我不错,吃饭都是一样吃,哪怕吃包子我也一样吃包子。"

别人跟住声音去羡慕她。过了一阵又是谁说她被公馆里的听差扭一下嘴巴。她说她气病了一场,接着还是不断地乱说。这一些烦烦乱乱的话金枝尚不能明白,她正在细想什么叫公馆呢?什么是太太?她用遍了思想而后问一个身边在吸烟的剪发的妇人:

"'太太'不就是老太太吗?"

那个妇人没答她,丢下烟袋就去呕吐。她说吃饭吃了苍蝇。可是全屋通长的板炕，那一些城市的女人她们笑得使金枝生厌，她们是前仆后折地笑。她们为着笑这个乡下女人彼此兴奋得拍响着肩膀，笑得过甚的竟流起眼泪来。金枝却静静坐在一边。等夜晚睡觉时，她向初识那个老太太说：

"我看哈尔滨倒不如乡下好，乡下姐妹很和气，你看午间她们笑我拍着掌哩！"

说着她卷紧一点包袱，因为包袱里面藏着赚得的两角钱纸票，金枝枕了包袱，在都市里的臭虫堆中开始睡觉。

金枝赚钱赚得很多了！在裤腰间缝了一个小口袋，把两元钱的票子放进去，而后缝住袋口。女工店向她收费用时她同那人说：

"晚几天给不行吗？我还没赚到钱。"她无法又说：

"晚上给吧！我是新从乡下来的。"

终于那个人不走，她的手摆在金枝眼下。女人们也越集越多，把金枝围起来。她好像在耍把戏一般招来这许多观众，其中有一个三十多岁的胖子，头发完全脱掉，粉红色闪光的头皮，独超出人前，她的脖子装好颤丝一般，使闪光的头颅轻便而随意的在转，在颤，她就向金枝说：

"你快给人家！怎么你没有钱？你把钱放在什么地方我都知道。"

金枝生气，当着大众把口袋撕开，她的票子四分之三觉得是损失了！被人夺走了！她只剩五角钱。她想：

"五角钱怎样送给妈妈？两元要多少日子再赚得？"

她到街上去上工很晚。晚间一些臭虫被打破，发出袭人的臭味，金枝坐起来全身搔痒，直到搔出血来为止。

楼上她听着两个女人骂架，后来又听见女人哭，孩子也哭。

母亲病好了没有？母亲自己拾柴烧吗？下雨房子流水吗？渐渐想得恶化起来：她若死了不就是自己死在炕上无人知道吗？

金枝正在走路，脚踏车响着铃子驰过她，立刻心脏膨胀起来，好像汽车要轧上身体，她终止一切幻想了。

金枝知道怎样赚钱，她去过几次独身汉的房舍，她替人缝被，男人们问她：

"你丈夫多大岁数咧？"

"死啦！"

"你多大岁数？"

"二十七。"

一个男人拖着拖鞋，散着裤口，用他奇怪的眼睛向金枝扫了一下，奇怪的嘴唇跳动着：

"年轻轻的小寡妇哩！"

她不懂在意这个，缝完，带了钱走了。有一次走出门时有人喊她：

"你回来……你回来。"

给人以奇怪感觉的急切的呼叫，金枝也懂得应该快走，不该回头。晚间睡下时，她向身边的周大娘说：

"为什么缝完，拿钱走时他们叫我？"

周大娘说："你拿人家多少钱？"

生死场

"缝一个被子,给我五角钱。"

"怪不得他们叫你!不然为什么给你那么多钱?普通一张被两角。"

周大娘在倦乏中只告诉她一句:

"缝穷婆谁也逃不了他们的手。"

那个全秃的亮头皮的妇人在对面的长炕上类似尖巧的呼叫,她一面走到金枝头顶,好像要去抽拔金枝的头发。弄着她的胖手指:

"唉呀!我说小寡妇,你的好运气来了!那是又来财又开心。"

别人被吵醒开始骂那个秃头:

"你该死的,有本领的野兽,一百个男人也不怕,一百个男人你也不够。"

女人骂着彼此在交谈,有人在大笑,不知谁在一边重复了好几遍:

"还怕!一百个男人还不够哩!"

好像闹着的蜂群静了下去,女人们一点嗡声也停住了,她们全体到梦中去。

"还怕!一百个男人还不够哩!"不知谁,她的声音没有人接受,空洞的在屋中走了一周,最后声音消灭在白月的窗纸上。

金枝站在一家俄国点心铺的纱窗外。里面格子上各式各样的油黄色的点心、肠子、猪腿、小鸡,这些吃的东西,在那里发出油亮。最后她发现一个整个的肥胖的小猪,竖起耳朵伏在一个长盘里。小猪四周摆了一些小白菜和红辣椒。她要立刻上去连盘子都抱住,抱回家去快给母亲看。不能那样做,她又恨小日本子,若不是小日本子搅闹乡村,自家的母猪不是早生了小猪吗？"布包"在肘间渐渐脱落,她不自觉的在铺门前站不安定,行人道上人多起来,她碰撞着行人。一个漂亮的俄国女人从点心铺出来,金枝连忙注意到她透孔的鞋子下面染红的脚趾甲；女人走得很快,比男人还快,使她不能再看。

人行道上：克——克——的大响,大队的人经过,金枝一看见铜帽子就知道是日本兵,日本兵使她离开点心铺快快跑走。

她遇到周大娘向她说：

"一点活计也没有,我穿这一件短衫,再没有替换的,连买几尺布钱也留不下,十天一交费用,那就是一块五角。又老,眼睛又花,缝得也慢,从没人领我到家里去缝。一个月的饭钱还是欠着,我住得年头多了！若是新来,那就非被赶出去不可。"她走一条横道又说："新来的一个张婆,她有病都被赶走了。"

经过肉铺,金枝对肉铺也很留恋,她想买一斤肉回家也满足。母亲半年多没尝过肉味。

松花江,江水不住地流,早晨还没有游人,舟子在江沿无聊地彼此骂笑。

周大娘坐在江边。怅然了一刻,接着擦她的眼睛,眼泪是为着她末日的命运在流。江水轻轻拍着江岸。

金枝没被感动,因为她刚来到都市,她还不晓得都市。

金枝为着钱，为着生活，她小心地跟了一个独身汉去到他的房舍。刚踏进门，金枝看见那张床，就害怕，她不坐在床边，坐在椅子上先缝被褥。那个男人开始慢慢和她说话，每一句话使她心跳。可是没有什么，金枝觉得那人很同情她。接着就缝一件夹衣的袖口，夹衣是从那个人身上立刻脱下的，等到袖口缝完时，那男人从腰带间一个小口袋取出一元钱给她，那男人一面把钱送过去，一面用他短胡子的嘴向金枝扭了一下，他说：

"寡妇有谁可怜你？"

金枝是乡下女人，她还看不清那人是假意同情，她轻轻受了"可怜"字眼的感动，她心有些波荡，停在门口，想说一句感谢的话，但是她不懂说什么，终于走了！她听道旁大水壶的笛子在耳边叫，面包作坊门前取面包的车子停在道边，俄国老太太花红的头巾驰过她。

"嗳！回来……你来，还有衣裳要缝。"

那个男人涨红了脖子追在后面。等来到房中，没有事可做，那个男人像猿猴一般，袒露出多毛的胸膛，去用厚手掌闩门去了！而后他开始解他的裤子，最后他叫金枝：

"快来呀……小宝贝。"他看一看金枝吓住了，没动："我叫你是缝裤子，你怕什么？"

缝完了，那人给她一元票，可是不把票子放到她的手里，把票子摔到床底，让她弯腰去取，又当她取得票子时夺过来让她再取一次。

金枝完全摆在男人怀中，她不是正音嘶叫：

"对不起娘呀！……对不起娘……"

她无助地嘶狂着，圆眼睛望一望锁住的门不能自开，她不能逃走，事情必然要发生。

女工店吃过晚饭，金枝好像踏着泪痕行走，她的头过分的迷昏，心脏落进污水沟中似的，她的腿骨软了，松懈了，爬上炕取她的旧鞋，和一条手巾，她要回乡，马上躺到娘身上去哭。

炕尾一个病婆，垂死时被店主赶走，她们停下那件事不去议论，金枝把她们的趣味都集中来。

"什么勾当？这样着急？"第一个是周大娘问她。

"她一定进财了！"第二个是秃头胖子猜说。

周大娘也一定知道金枝赚到钱了，因为每个新来的第一次"赚钱"都是过分的羞恨。羞恨摧毁她，忽然患着传染病一般。

"惯了就好了！那怕什么！弄钱是真的，我连金耳环都赚到手里。"

秃胖子用好心劝她，并且手在扯着耳朵。别人骂她：

"不要脸，一天就是你不要脸！"

旁边那些女人看见金枝的痛苦，就是自己的痛苦，人们慢慢四散，去睡觉了，对于这件事情并不表示新奇和注意。

金枝勇敢地走进都市，羞恨又把她赶回了乡村，在村头的大树枝上发现人头。一种感觉通过骨髓麻寒她全身的皮肤，那是怎样可怕血浸的人头！

母亲拿着金枝的一元票子，她的牙齿在嘴里埋没不住，完

生死场　93

全外露。她一面细看票子上的花纹,一面快乐有点不能自制地说:

"来家住一夜明日就走吧!"

金枝在炕沿捶打酸痛的腿骨;母亲不注意女儿为什么不欢喜,她只跟了一张票子想到另一张,在她想许多票子不都可以到手吗?她必须鼓励女儿:

"你应该洗洗衣裳收拾一下,明天一早必得要行路的,在村子里是没有出头露面之日。"

为了心切她好像责备着女儿一般,简直对于女儿没有热情。

一扇窗子立刻打开,拿着枪的黑脸孔的人竟跳进来,踏了金枝的左腿一下。那个黑人向棚顶望了望,他熟习地爬向棚顶去,王婆也跟着走来,她多日不见金枝而没说一句话,宛如她什么也看不见似的。一直爬上棚顶去。金枝和母亲什么也不晓得,只是爬上去。直到黄昏恶消息仍没传来,他们和爬虫样才从棚顶爬下。王婆说:"哈尔滨一定比乡下好,你再去就在那里不要回来,村子里日本子越来越恶,他们捉大肚女人,破开肚子去破'红枪会'(义勇军的一种),活鲜鲜的小孩从肚皮流出来。为这事,李青山把两个日本子的脑袋割下挂到树上。"

金枝鼻子作出哼声:

"从前恨男人,现在恨小日本子。"最后她转到伤心的路上去:"我恨中国人呢?除外我什么也不恨。"

王婆的学识有点不如金枝了!

一五　失败的黄色药包

开拔的队伍在南山道转弯时，孩子在母亲怀中向父亲送别。行过大树道，人们滑过河边，他们的衣装和步伐看起来不像一个队伍，但衣服下藏着猛壮的心。这些心把他们带走，他们的心铜一般凝结着出发。最末一刻大山坡还未曾遮没最后的一个人，一个抱在妈妈怀中的小孩他呼叫"爹爹"。孩子的呼叫什么也没得到，父亲连手臂也没摇动一下，孩子好像把声响撞到了岩石。

女人们一进家屋，屋子好像空了！房屋好像修造在天空，素白的阳光在窗上，却不带来一点意义。她们不需要男人回来，只需要好消息。消息来时，是五天过后，老赵三赤着他显露筋骨的脚奔向李二婶子去告诉：

"听说青山他们被打散啦！"显然赵三是手足无措，他的胡子也震惊起来，似乎忙着要从他的嘴巴跳下。

"真的有人回来了吗？"

李二婶子的喉咙变做细长的管道，使声音出来做出多角形。

"真的平儿回来啦！"赵三说。

严重的夜，从天上走下。日本兵团剿打鱼村、白旗屯和三家子……

平儿正在王寡妇家，他休息在情妇的心怀中。外面狗叫，听到日本人说话，平儿越墙逃走；他埋进一片蒿草中，蛤蟆在脚间跳。

生死场　　95

"非拿住这小子不可,怕是他们和义勇军接连。"

在蒿草中他听清这是谁们在说:"走狗们。"

平儿也听清他的情妇被拷打:

"男人哪里去啦?——快说,再不说枪毙!"

他们不住骂:"你们这些母狗,猪养的。"

平儿完全赤身,他走了很远。他去扯衣襟拭汗,衣襟没有了,在腿上扒了一下,于是才发现自己的身影落在地面和光身的孩子一般。

二里半的麻婆子被杀,罗圈腿被杀。死了两个人,村中安息两天。第三天又是要死人的日子。日本兵满村窜走,平儿到金枝家棚顶去过夜。金枝说:

"不行呀!棚顶方才也来小鬼子翻过。"

平儿于是在田间跑着,枪弹不住向他放射,平儿的眼睛不会转弯,他听有人近处叫:"拿活的,拿活的。……"

他错觉的听到了一切,他遇见一扇门推进去,一个老头在烧饭,平儿快流眼泪了:

"老伯伯,救命,把我藏起来吧!快救命吧!"

老头子说:"什么事?"

"日本子捉我。"

平儿鼻子流血,好像他说到日本子才流血。他向全屋四面张望,就像连一条缝也没寻到似的,他转身要跑,老人捉住他,出了后门,盛粪的长形的笼子在门旁,掀起粪笼老人说:

"你就爬进去,轻轻喘气。"

老人用粥饭涂上纸条把后门封起来,他到锅边吃饭。粪笼下的平儿听见来人和老人讲话,接着他便听到有人在弄门扇,门就要开了,自己就要被捉了!他想要从笼子跳出来。但,很快那些人,那些魔鬼去了!

平儿从安全的粪笼出来,满脸粪屑,白脸染着红血条,鼻子仍然流血,他的样子已经很惨。

李青山这次他信任"革命军"有用,逃回村来他不同别人一样带回衰丧的样子,他在王婆家说:

"革命军所好是他不混乱干事,他们有纪律,这回我算相信,红胡子算完蛋:自己纷争,乱撞胡撞。"

这次听众很少,人们不相信青山。村人天生容易失望,每个人容易失望。每个人觉得完了!只有老赵三,他不失望,他说:

"那么再组织起来去当革命军吧!"

王婆觉得赵三说话和孩子一般可笑。但是她没笑他。她的身边坐着戴男人帽子的当过胡子、救过国的女英雄说:

"死的就丢下,那么受伤的怎样了?"

"受微伤的不都回来了吗!受重伤那就管不了,死就是啦!"

正这时北村一个老婆婆疯了似的哭着跑来和李青山拼命。她捧住头,像捧住一块石头般地投向墙壁,嘴中发出短句:

"李青山!……仇人……我的儿子让你领走去丧命。"

人们拉开她,她有力挣扎,比一条疯牛更有力:

"就这样不行,你把我给小日本子送去吧!我要死……到应死的时候了!……"

她就这样不住地捉她的头发,慢慢她倒下来,她换不上气

来,她轻轻拍着王婆的膝盖:

"老姐姐,你也许知道我的心,十九岁守寡,守了几十年,守这个儿子……我那些挨饿的日子呀!我跟孩子到山坡去割毛草,大雨来了,雨从山坡把娘儿两个拍滚下来,我的头,在我想是碎了,谁知道?还没死……早死早完事。"

她的眼泪一阵湿热湿透王婆的膝盖,她开始轻轻哭:

"你说我还守什么?……我死了吧!有日本子等着,菱花那丫头也长不大,死了吧!"

果然死了,房梁上吊死的。三岁孩子菱花小脖颈和祖母并排悬着,高挂起正像两条瘦鱼。

死亡率在村中又在开始快速,但是人们不怎样觉察,患着传染病一般的全村又在昏迷中挣扎。

"爱国军"从三家子经过,张着黄色旗,旗上有红字"爱国军"。人们有的跟着去了!他们不知道怎样爱国,爱国又有什么用处,只是他们没有饭吃啊!

李青山不去,他说那也是胡子编成的。老赵三为着"爱国军"和儿子吵架:

"我看你是应该去,在家若是传出风声去有人捉拿你。跟去混混,到最末就是杀死一个日本鬼子也上算,也出出气。年青气壮,出一口气也是好的。"

老赵三一点见识也没有,他这样盲动的说话使儿子不佩服,平儿同爹爹讲话总是把眼睛绕着圈子斜视一下,或是不调协地抖一两下肩头,这样对待他,他非常不愿意接受,有时老赵三自己想:

"老赵三怎不是个小赵三呢！"

一六 尼姑

金枝要做尼姑去。

尼姑庵红砖房子就在山尾那端。她去开门没能开，成群的麻雀在院心啄食，石阶生满绿色的苔藓，她问一个邻妇，邻妇说：

"尼姑在事变以后，就不见，听说跟造房子的木匠跑走的。"

从铁门栏看进去，房子还未上好窗子，一些长短的木块尚在院心，显然可以看见正房里，凄凉的小泥佛在坐着。

金枝看见那个女人肚子大起来，金枝告诉她说：

"这样大的肚子你还敢出来？你没听说小日本子把大肚女人弄去破'红枪会'吗？日本子把女人肚子割开，去带着上阵，他们说红枪会什么也不怕，就怕女人；日本子叫'红枪会'做'铁孩子'呢！"

那个女人立刻哭起来。

"我说不嫁出去，妈妈不许，她说日本子就要姑娘，看看，这回怎么办？孩子的爹爹走就没见回来，他是去当'义勇军'。"

有人从庙后爬出来，金枝她们吓着跑。

"你们见了鬼吗？我是鬼吗？……"

往日美丽的年青的小伙子，和死蛇一般爬回来。五姑姑出来看见自己的男人，她想到往日受伤的马，五姑姑问他：

"'义勇军'全散了吗？"

"全散啦！全死啦！就连我也死啦！"他用一只胳膊打着草梢轮回：

"养汉老婆，我弄得这个样子，你就一句亲热的话也没有吗？"

五姑姑垂下头，和睡了的向日葵花一般。大肚子的女人回家去了！金枝又走向哪里去？她想出家庙庵早已空了。

一七　不健全的腿

"'人民革命军'在哪里？"二里半突然问起赵三说。这使赵三想："二里半当了走狗吧？"他没对他告诉。二里半又去问青山。青山说：

"你不要问，再等几天跟着我走好了！"

二里半急迫着好像他就要跑到革命军去。青山长声告诉他：

"革命军在磐石，你去得了吗？我看你一点胆量也没有，杀一只羊都不能够。"接着他故意羞辱他似的：

"你的山羊还好啊？"

二里半为了生气，他的白眼球立刻多过黑眼球，他的热情立刻在心里结成冰。李青山不与他再多说一句，望向窗外天边的树，小声摇着头，他唱起小调来。二里半临出门，青山的女人流汗在厨房向他说：

"李大叔，吃了饭走吧！"

青山看到二里半可怜的样子，他笑说：

"回家做什么，老婆也没有了，吃了饭再说吧！"

他自己没有了家庭，他贪恋别人的家庭。当他拾起筷子时，很快一碗麦饭吃下去了，接连他又吃两大碗，别人还不吃完，他已经在抽烟了！他一点汤也没喝，只吃了饭就去抽烟。

"喝些汤，白菜汤很好。"

"不喝，老婆死了三天，三天没吃干饭哩！"二里半摇着头。

青山忙问："你的山羊吃了干饭没有？"

二里半吃饱饭，好像一切都有希望。他没生气，照例自己笑起来。他感到满意离开青山家，在小道不断地抽他的烟火，天色茫茫的并不引起他悲哀，蛤蟆在小河边一声声地哇叫。河边的小树随了风在骚闹，他踏着往日自己的菜田，他振动着往日的心波。菜田连棵菜也不生长。

那边的人家老太太和小孩们载起暮色来在田上匍匐。他们相遇在地端，二里半说：

"你们在掘地吗？地下可有宝物？若有我也蹲下掘吧！"

一个很小的孩子发出脆声："拾麦穗呀！"孩子似乎是快乐，老祖母在那边已叹息了：

"有宝物？……我的老天爷！孩子饿得乱叫，领他们来拾几粒麦穗，回家给他们做干粮吃。"

二里半把烟袋给老太太吸，她拿过烟袋，连擦都没有擦，就放进嘴去。显然她是熟习吸烟，并且十分需要。她把肩膀抬得高高，她紧合了眼睛，浓烟不住从嘴冒出，从鼻孔冒出。那样很危险，好像她的鼻子快要着火。

"一个月也多了，没得摸到烟袋。"

她像仍不愿意舍弃烟袋,理智勉强了她。二里半接过去把烟袋在地面响着。

人间已是那般寂寞了!天边的红霞没有鸟儿翻飞,人家的篱墙没有狗儿吠叫。

老太太从腰间慢慢取出一个纸团,纸团慢慢在手下舒展开,而后又折平。

"你回家去看看吧!老婆,孩子都死了!谁能救你,你回家去看看吧!看看就明白啦!"

她指点那张纸,好似指点符咒似的。

天更黑了!黑得和帐幕紧逼住人脸。最小的孩子,走几步,就抱住祖母的大腿,他不住地嚷着:

"奶奶,我的筐满了,我提不动呀!"

祖母为他提筐,拉着他。那几个大一些的孩子卫队似的跑在前面。到家,祖母点灯看时,满筐蒿草,蒿草从筐沿要流出来,而没有麦穗,祖母打着孩子的头笑了:

"这都是你拾得的麦穗吗?"祖母把笑脸转换哀伤的脸,她想:"孩子还不能认识麦穗,难为了孩子!"

五月节:虽然是夏天,却像吹起秋风来。二里半熄了灯,雄壮着从屋檐出现,他提起切菜刀,在墙角,在羊棚,就是院外白树下,他也搜遍。他要使自己无牵无挂,好像非立刻杀死老羊不可。

这是二里半临行的前夜:

老羊鸣叫着回来,胡子间挂了野草,在栏棚处擦得栏栅响。二里半手中的刀,举得比头还高,他朝向栏杆走去。

菜刀飞出去，喳啦地砍倒了小树。

老羊走过来，在他的腿间搔痒。二里半许许久久地摸抚羊头，他十分羞愧：好像耶稣教徒一般向羊祷告。

清早他像对羊说话，在羊棚喃喃了一阵，关好羊栏，羊在栏中吃草。

五月节，晴明的青空。老赵三看这不像个五月节样：麦子没长起来，嗅不到麦香，家家门前没挂纸葫芦。他想这一切是变了！变得这样速！去年的五月节，清清明明的，就在眼前似的，孩子们不是捕蝴蝶吗？他不是喝酒吗？

他坐在门前一棵倒折的树干上，凭吊这已失去的一切。

李青山的身子经过他，他扮成"小工"模样，赤足卷起裤口，他说给赵三：

"我走了！城里有人候着，我就要去……"

青山没提到五月节。

二里半远远跛脚奔来，他青色马一样的脸孔，好像带着笑容。他说：

"你在这里坐着，我看你快要朽在这根木头上，……"

二里半回头看时，被关在栏中的老羊，居然随在身后，立刻他的脸更拖长起来：

"这条老羊……替我养着吧！赵三哥！你活一天替我养一天吧！……"

二里半的手，在羊毛上惜别，他流泪的手，最后一刻摸着羊毛。

他快走，跟上前面李青山去。身后老羊不住哀叫，羊的胡子慢慢在摆动……

生死场　103

二里半不健全的腿颠跌着颠跌着,远了!模糊了!山岗和树林,渐去渐遥。羊声在遥远处伴着老赵三茫然地嘶鸣。

一九三四,九,九日。

《生死场》序言

鲁　迅

记得已是四年前的事了,时维二月,我和妇孺正陷在上海闸北的火线中,眼见中国人的因为逃走或死亡而绝迹。后来仗着几个朋友的帮助,这才得进平和的英租界,难民虽然满路,居人却很安闲。和闸北相距不过四五里罢,就是一个这么不同的世界,——我们又怎么会想到哈尔滨。

这本稿子的到了我的桌上,已是今年的春天,我早重回闸北,周围又复熙熙攘攘的时候了。但却看见了五年以前,以及更早的哈尔滨。这自然还不过是略图,叙事和写景,胜于人物的描写,然而北方人民的对于生的坚强,对于死的挣扎,却往往已经力透纸背;女性作者的细致的观察和越轨的笔致,又增加了不少明丽和新鲜。精神是健全的,就是深恶文艺和功利有关的人,如果看起来,他不幸得很,他也难免不能毫无所得。

听说文学社曾经愿意给她付印，稿子呈到中央宣传部书报检查委员会那里去，搁了半年，结果是不许可。人常常会事后才聪明，回想起来，这正是当然的事：对于生的坚强和死的挣扎，恐怕也确是大背"训政"之道的。今年五月，只为了《略谈皇帝》这一篇文章，这一个气焰万丈的委员会就忽然烟消火灭，便是"以身作则"的实地大教训。

奴隶社以汗血换来的几文钱，想为这本书出版，却又在我们的上司"以身作则"的半年之后了，还要我写几句序。然而这几天，却又谣言蜂起，闸北的熙熙攘攘的居民，又在抱头鼠窜了，路上是络驿不绝的行李车和人，路旁是黄白两色的外人，含笑在赏鉴这礼让之邦的盛况。自以为居于安全地带的报馆的报纸，则称这些逃命者为"庸人"或"愚民"。我却以为他们也许是聪明的，至少，是已经凭着经验，知道了煌煌的官样文章之不可信。他们还有些记性。

现在是一九三五年十一月十四日的夜里，我在灯下再看完了《生死场》，周围像死一般寂静，听惯的邻人的谈话声没有了，食物的叫卖声也没有了，不过偶有远远的几声犬吠。想起来，英法租界当不是这情形，哈尔滨也不是这情形；我和那里的居人，彼此都怀着不同的心情，住在不同的世界。然而我的心现在却好像古井中水，不生微波，麻木地写了以上那些字。这正是奴隶的心！——但是，如果还是扰乱了读者的心呢？那么，我们还决不是奴才。

不过与其听我还在安坐中的牢骚话，不如快看下面的《生死场》，她才会给你们以坚强和挣扎的力气。

《生死场》读后记

胡 风

我看到过有些文章提到了萧洛诃夫在《被开垦了的处女地》里所写的农民对于牛对于马的情感,把它们送到集体农场去以前的留恋,惜别,说那画出了过渡期的某一类农民底魂魄。《生死场》底作者是没有读过《被开垦了的处女地》的,但她所写的农民们底对于家畜(羊、马、牛)的爱着,真实而又质朴,在我们已有的农民文学里面似乎还没有见过这样动人的诗篇。

不用说,这里的农民底运命是不能够和走向地上乐园的苏联的农民相比的:蚊子似地生活着,糊糊涂涂地生殖,乱七八糟地死亡,用自己的血汗自己的生命肥沃了大地,种出食粮,养出畜类,勤勤苦苦地蠕动在自然的暴君和两只脚的暴君底威力下面。

但这样混混沌沌的生活是也并不能长久继续的。卷来了"黑色的舌头",飞来了宣传"王道"的汽车和飞机,日本旗替代了中国旗。偌大的东北四省轻轻地失去了。日本人为什么抢了去的?中国的治者阶级为什么让他们抢了去的?抢的是要把那些能够肥沃大地的人民做成压榨得更容易更直接的奴隶,让他们抢的是为了表示自己底驯服,为了取得做奴才的地位。

然而被抢去了的人民却是不能够"驯服"的。要么,被刻上"亡国奴"的烙印,被一口一口地吸尽血液,被强奸,被杀害。要么,反抗。这以外,到都市去也罢,到尼庵去也罢,都走不出这个人吃人的世界。

在苦难里倔强的老王婆固然站起了,但忏悔过的"好良心"的老赵三也站起了,甚至连那个在世界上只看得见自己底一匹山羊的谨慎的二里半也站起了……到寡妇们回答出"是呀!千刀万剐也愿意!"的时候,老赵三流泪地喊着"等我埋在坟里……也要把中国旗子插在坟顶,我是中国人!我要中国旗子,我不当亡国奴,生是中国人,死是中国鬼……不……不是亡……亡国奴……"的时候,每个人跪在枪口前面盟誓说"若是心不诚,天杀我,枪杀我,枪子是有灵有圣有眼睛的啊!"的时候,这些蚁子一样的愚夫愚妇们就悲壮地站上了神圣的民族战争底前线。蚁子似地为死而生的他们现在是巨人似地为生而死了。

这写的只是哈尔滨附近的一个偏僻的村庄,而且是觉醒底最初的阶段,然而这里面是真实的受难的中国农民,是真实的野生的奋起。它"显示着中国的一份和全部,现在和未来,死路与活路"(鲁迅序《八月的乡村》语)。

使人兴奋的是，这本不但写出了愚夫愚妇底悲欢苦恼而且写出了蓝空下的血迹模糊的大地和流在那模糊的血土上的铁一样重的战斗意志的书，却是出自一个青年女性底手笔。这里我们看到了女性的纤细的感觉也看到了非女性的雄迈的胸境。前者充满了全篇，只就后者举两个例子：

> 山上的雪被风吹着像要埋葴这傍山的小房似的。大树号叫，风雪向小房遮蒙下来。一株山边斜歪着的大树，倒折下来。寒月怕被一切声音扑碎似的，退缩到天边去了！这时候隔壁透出来的声音，更哀楚。

上面叙述过的，宣誓时寡妇们回答了"是呀！千刀万剐也愿意！"以后，接着写：

> 哭声刺心一般痛，哭声方锥一般落进每个人的胸膛。一阵强烈的悲酸掠过低垂的人头，苍苍然蓝天欲坠了！

老赵三流泪地喊着死了也要把中国旗插在坟顶以后，接着写：

> 浓重不可分解的悲酸，使树叶垂头。赵三在红蜡烛前用力鼓了桌子两下，人们一起哭向苍天了！人们一起向苍天哭泣。大群的人起着号啕！

这是用钢戟向晴空一挥似的笔触，发着颤响，飘着光带，在女性作家里面不能不说是创见了。

然而,我并不是说作者没有她底短处或弱点。第一,对于题材的组织力不够,全篇现得是一些散漫的素描,感不到向着中心的发展,不能使读者得到应该能够得到的紧张的迫力。第二,在人物底描写里面,综合的想像的加工非常不够。个别地看来,她底人物都是活的,但每个人物底性格都不凸出,不大普遍,不能够明确地跳跃在读者底前面。第三,语法句法太特别了,有的是由于作者所要表现的新鲜的意境,有的是由于被采用的方言,但多数却只是因为对于修辞的锤炼不够。我想,如果没有这几个弱点,这一篇不是以精致见长的史诗就会使读者感到更大的亲密,受到更强的感动罢。

当然,这只是我这样的好事者底苛求,这只是写给作者和读者的参考,在目前,我们是应该以作者底努力为满足的。由于《八月的乡村》和这一本,我们才能够真切地看见了被抢去的土地上的被讨伐的人民,用了心的激动更紧地和他们拥合。

一九三五,一一,二二晨二时记于上海

《生死场》重版前记

萧　军

这小说在此次和《八月的乡村》一同重版以前，出版社方面要我在校改《八月的乡村》以后，顺便把《生死场》也代校看一下，我接受了这一要求。

校看过程中，除开代改了几个不重要的错、讹字而外，在本文方面并没什么改动或增删。这由于它已经属于历史性的文献了，而且作者逝世已经有了几十年，还是以存真为好，由我今天来擅自改动是不适宜的。

由于《八月的乡村》我曾写了一篇重版《前记》，出版社方面认为我也应该为《生死场》的重版写几句话，因为这两本小说，当初从创作到出版……是具有"血缘"性关系的。我思量了一下，也终于接受下这一任务，理由是这样：

第一，这两本小说全是在一九三四年间，写成于青岛。

第二，它们全是属于奴隶社的"奴隶丛书"之一。

第三，它们的题材、史实、故事、主题……在总的方面来说，全是反映了我国东北数省人民，在日本帝国主义者侵入以后，所遭受的折磨与痛苦，生与死的挣扎，以及忍恨而起和敌人进行血的斗争的英雄事迹，……这对于后来全国抗日战争的兴起和展开是发挥过它们一定的积极作用的。

第四，它们全由鲁迅先生给作了《序言》，介绍给不愿做奴隶的亿万中国人民。

第五，由于本人和书的作者，曾经有过六年共同生活，共同工作，共同斗争……的历史过程，借此机会写几句话，也表达对这位故人和战友的一点纪念情谊！同时对于萧红的读者们，使他们对于这位短命的文艺作家创作生活和艺术特点，特别是对于《生死场》这部小说的理解，会有些参酌之用。

《生死场》的成因

一九三二年秋，这时我们已经有了一个"家"，正住在哈尔滨道里的商市街二十五号。

新年要到了，一家报社要出版一份《新年征文》的特刊。我和当时几位青年朋友们全鼓励萧红写一篇征文试一试，她写了，也被刊出了，题名可能就是《王阿嫂之死》（已记忆不清）这就是她正式从事文笔生涯的开始罢，——当年她是二十一岁。

由于第一篇文章被刊载了（还拿到一些微薄的稿费），

又得到了熟人们的鼓励,这就坚定了她的自信心,就不断写了一些散文故事和短篇,它们也陆续在各个报纸上被刊载了……

到一九三三年秋季,我们把一年来发表过的——可能也有未发表过的——短文和小说,由自己选成了一个集子。这集子,包括她的五篇散文和小说;我的六篇散文和小说,又从几位热心的朋友那里借到几十元钱,找了一家画报印刷厂,自费、"非法"出版了。集名定为《跋涉》——只印了一千本。

一九三四年夏,我们由哈尔滨出走到了青岛。

在青岛,我为一家报纸担任副刊编辑维持生活,同时续写我的《八月的乡村》。

这时,萧红表示她也要写一篇较长的小说,我鼓励了她,于是她就开手写作了。

她写一些,我就看一些,随时提出我的意见和她研究、商量,……而后再由她改写……在这一意义上来说,我应该是她的第一个读者,第一个商量者,第一个批评者和提意见者。

这期间,我曾去上海一次,回来以后,她居然把这小说写成了——这是一九三四年的九月九日。

从头代她看了一遍,斟酌删改了一些地方和字句,然后就由她用薄绵纸复写了两份,以待寻找可能出版的机会。当然也知道这机会是很渺茫的。

以后不久,我开始和鲁迅先生建立了通讯关系。在通讯一开始,我也就把《生死场》的抄本寄给了鲁迅先生。

这小说的名称也确是费了一番心思在思索、研究了一番,最后还是由我代她确定下来,——定名为《生死场》。因为本文中有如下的几句话:

"在乡村,人和动物一起忙着生,忙着死……"还有:

"大片的村庄,生死轮回着和十年前一样……"

事实上这全书所写的,无非是在这片荒茫的大地上,沦于奴隶地位的被剥削、被压迫、被辗轧、……的人民,每年、每月、每日、每时、每刻……在生与死两条界限上辗转着,挣扎着,……或者悄然地死去;或者是浴血斗争着……的现实和故事。

《生死场》的出版过程

一九三四年十月间我们到了上海以后,鲁迅先生曾托人把这部稿子送到各方面去"兜售",希望能找到一处可以公开出版的书店来接受出版它。遗憾的是,它旅行了快近一年,结果是出路没有的。

这时期,叶紫的《丰收》("奴隶丛书"之一)早出版了;《八月的乡村》("奴隶丛书"之二)也已经于六月间出版了,对于《生死场》公开出版的可能性我不再存有幻想了。弄到了一点钱,决定把它作为"奴隶丛书"之三来自己出版了。

由萧红自己写信,也请鲁迅先生给写了一篇《序言》……

尽管这本书出版在最后,为了划一,也把它作为"八月"和《八月的乡村》同月份来出版了。

从此这三本"奴隶丛书"做为姊妹篇通过各种渠道就行销于上海和全国各地了。

鲁迅先生在《序言》里写着:

"这本稿子的到了我的桌上,已是今年的春天……

"听说文学社曾经愿意给她付印,稿子呈到中央宣传部书报检查委员会那里去,搁了半年,结果是不许可。人常常会事后才聪明,回想起来,这正是当然的事:对于生的坚强和死的挣扎,恐怕也确是大背'训政'之道的。……"

由于这书有背于当时国民党所施行的"训政之道",碰了检查委员会"老爷"的钉子,"事后才聪明"我才把它作为"奴隶丛书"之三来"非法"自印了。

鲁迅先生给这书写《序言》时已经是在一九三五年十一月十四日的夜里了;《八月的乡村》《序言》却是写于一九三五年三月二十八日之夜,这时间已经有了七个月的距离。

鲁迅先生对于《生死场》的评价

"……但却看见了五年以前,以及更早的哈尔滨。这自然还不过是略图,叙事和写景,胜于人物的描写,然而北方人民的对于生的坚强,对于死的挣扎,却往往已经力透纸背;女性作者的细致的观察和越轨的笔致,又增加了不少明丽和新鲜。……"(《序言》)

版 本

在过去我自己经手出版时,每次的印期和印数总是和《八月的乡村》同期、同数的。一九四七年四月间曾由哈尔滨鲁迅文化出版社发行过一万本。至于其他方面所出的版本情况和数量，我就无从知道了。

我在这次重版《前记》中要写的，也就是这些事实的过程而已。

一九七八年十二月二十六晴雪之夜

于京都（银锭桥西海北楼）寓所

萧红和她的《生死场》

季红真

一

萧红是中国现代文学史上一位著名的女作家,本名张迺莹。她1911年6月1日出生于黑龙江省呼兰县一个乡绅地主的家庭。这一年辛亥革命爆发,这一天是屈原的祭日。她的父亲张廷举是呼兰县教育界的头面人物,出任过小学校长、出版社社长、教育局局长等职务。日伪时期是县协和会的会长,抗战胜利之后,当过县维持会的副会长,可见是一个政治上很善于变通的人物。他受过封建文化的教育,有浓重的封建父权意识,又受过五四新文化的洗礼,是一个兼有着新旧两种思想的矛盾人物。萧红是五四新文化运动最早的受惠者,1920年,呼兰刚一开设女校,父亲就送她入学。萧红高小毕业的时候,为了升学和父亲发生了第一次冲突，经过一年的持续斗争，终于在1927年秋，进入哈尔滨东省特别区立第一女子中学读书。

在中学期间，她热衷于学生的爱国运动，积极参加各种体育锻炼，喜欢和有思想的男性同学交朋友，练习写作、学习绘画。她在进步老师的影响下，接触了鲁迅等新文化先驱者的著作，阅读了世界左翼文学的作品，对于她世界观的形成具有决定性的作用。接受了更激进的左翼思潮之后，她和父亲发生了鲜明的思想分歧，终于在婚姻的问题上爆发了激烈的冲突。1930年秋，她与男友离家出走到北京，进入师大女附中读书。由于两家的经济制裁，他们在年底的时候败退回家中，萧红被软禁在伯父阿城福昌号屯的张家老宅中，约10个多月。在"九一八"爆发之后的混乱中，萧红在姑姑和小婶的帮助下逃到了哈尔滨。经过一段饥寒交迫的流浪生活，冬天来临的时候，走投无路地陷入未婚夫汪恩甲的情感圈套，在旅馆和他同居。这期间她再度出走到北京，希望恢复师大女附中的学籍，终因经济不支而作罢，被随后赶来的汪恩甲押回了哈尔滨。他们在旅馆住了半年左右，欠下了老板数百元钱。未婚夫说要回家取些钱，离去后再也没有下落。萧红临盆在即身无分文，旅馆老板时时来逼债，扬言交不出钱就把她卖到妓院。在万般无奈的情况下，萧红投书《国际协报》，得到萧军等左翼文化人的同情和帮助，趁着发大水的混乱，逃出被囚禁的牢笼。

不久，她生下一个女婴，随即送给了别人。她与萧军结合，在《东三省商报》上发表两个人的爱情诗，以纪念困境中的情爱，并从此走上文坛。除了写作之外，还参加赈灾画展、话剧演出，为共产党的《东北民众报》刻写钢板等。她由此结识了哈尔滨的进步文化人,开阔了自己的眼界,走上了左翼文化之路。1933年,他们自费出版了合集《跋涉》,不久就被日伪法西斯当局查禁。在精神的大恐怖之下,1934年6月12日,他们逃出荆天棘地的满洲国,乘火车到达了青岛,投奔朋友共产党员舒群。在他们走后的一个星期,他们的朋友共产党员罗烽被捕。此后残酷的斗争中,不少朋友壮烈殉国,牺牲于日本军阀的屠刀下。在青岛,萧红除了主编《新女性周刊》之外,写完了《生死场》,当时的名字叫《麦场》。不久青岛的党组织遭到破坏,舒群全家被捕,他们又处于白色恐怖之中。在迷惘中,他们致信鲁迅先生,询问革命文学的方向。鲁迅很快回了信,这对于他们来说是巨大的鼓舞,立即把《生死场》的手稿和两个人的合影寄给了鲁迅先生。这一年的11月1日,他们坐在四等舱的杂货堆中离开了青岛。

他们到达了上海之后,度过了非常贫困的最初日子。在鲁迅的帮助下,他们结识了茅盾、胡风、聂绀弩、叶紫等左翼作家,与他们保持了终身的友谊,并且逐渐进入上海文坛。1935年,在鲁迅先生的首肯下,他们与叶紫成立了奴隶社,自费出版了"奴隶丛书"。其中包括叶紫的《丰收》,萧军的《八月的乡村》和萧红的《生死场》。《生死场》原名《麦场》,由胡风改成现在的名字,用以表现北方民众顽强的抗争。鲁迅为之作序,称赞它"北方人民对于生的坚强,对于死的挣扎,却往往已经力透纸背;女性作家的细致的观察和越轨的笔致,又增加了不少明丽和新鲜。精神是健全的,……"胡风为之写了后记,概括她笔下的农民"蚊子似地生活着,糊糊涂涂地生殖,乱七八糟地死亡,用自己的血汗自己的生命肥沃了大地,

萧红和她的《生死场》

种出食粮，养出畜类，辛辛苦苦地蠕动在自然的暴君和两只脚的暴君的威力下面。"《生死场》由此震惊文坛，成为三十年代民族精神的经典文本，萧红一跃成为最为令人瞩目的抗日作家。她更加努力地写作，完成了记叙自己在哈尔滨生活的散文集《商市街》等作品。

由于和萧军的情感纠葛，1936年7月16日，萧红乘船离开上海到东京。她在那里学日文，在病中坚持写作。萧红一到日本，就受到刑事的无理骚扰，对日本民族有了更贴近的观察，战争风云密布的日本，处于警察的统治之中。萧红认为"这里没有健康的灵魂"，不赞成弟弟到日本来留学。1936年10月19日晨5时25分，鲁迅先生逝世。这对萧红又是一个沉重的打击，是她继祖父逝世之后，感情上最沉痛的一次重创。她给萧军的信以《海外的悲悼》为题发表，抒发了自己对于鲁迅先生的深切怀念。12月12日，爆发了西安事变，使她惊惶了一天。与此同时，萧军有了外遇，为了结束没有结果的恋爱，督促萧红改变在日本住一年的预约，这对她又是一个很大的打击。1937年1月9日，她乘上轮船的三等舱启程回上海。她首先去谒拜了鲁迅墓，看望了许广平和小海婴，积极投入到《鲁迅纪念集》的编辑工作。由于萧军忙于自己的事情，萧红感到了新的落寞，一度离家出走到白鹅画院，后来又被萧军找了回来。4月下旬，登上北上的列车到了北京。她看到了早年的朋友，和舒群一起游览市容、听京戏，畅谈文学与人生，还去游览了长城，伟大的自然、伟大的建筑和精美的雕刻艺术都使她感到了灵魂的震撼，从悲伤的情感中解脱出来。由于萧军改变了北行的计划，萧红于5月中旬离开北京，回到了上海。不久

"七七"事变爆发，紧接着是"八一三"抗战，萧红从自己的情感创痛中警醒，第二天就写下了愤怒控诉日本飞机轰炸上海暴行的散文《天空的点缀》。她为了掩护日本友人鹿地夫妇四处奔走，置生死于度外。

胡风主持创办了《七月》，萧红是主要撰稿人之一，并且在组稿会上结识了东北作家端木蕻良。由于政治形势的恶化，《七月》准备转移到武汉。9月底，萧红和萧军离开了上海，转移到武汉。她在投身抗日活动的间隙中，开始写作《呼兰河传》。1938年下旬，两萧和《七月》的多数人一起，乘上敞篷的火车，于2月6日到达位于山西临汾的山西民族革命大学，担任文艺指导的工作。不久，丁玲带领西北战地服务团，从潼关来到临汾。两个气质完全不同的女作家历史性地会面，她们无所顾忌地畅谈、歌唱，彼此都觉得互相理解。日本军队很快攻下太原，兵分两路进军临汾。在去和留的问题上，两萧爆发了激烈的争吵，在人生的抉择上，蓄意已久的离异，终于爆发为冲突。萧军独自留了下来，萧红随丁玲的战地服务团一起坐火车到了运城。她原打算由西安到延安，后来又改变了主意。应丁玲的要求，萧红与所有同行的作家艺术家写了一个剧本《突击》，是表现一群逃难的老百姓拿起武器武装抗战的故事。在太原上演场场爆满，茅盾先生给予很高的评价。萧军又和丁玲一起从延安回到了西安，两萧彻底分手。1938年4月，情变之后的萧红和端木蕻良一起，回到了武汉，并且在这里结合，当时萧红已经怀了四个月的身孕。他们的结合受到所有朋友的质疑，这使萧红很不愉快。她曾经想做人工流产，由于费用昂贵而作罢。夏天，日军开始向武汉包围，文化人开始向四川撤退。由于船票紧张，端木先期去了重庆。萧红买到船票以后，和一个朋友同行。途中朋友生病被送进医院，萧红挺着身孕，没有赶上轮船。在码头上跌了一跤，无论如何也爬不起来，被一路过的工人扶了起来。

到达重庆之后，萧红的临产期已近。她住到江津的老友罗烽家，因为白朗有过生产的经历，罗烽的母亲也可以帮助照料。她在那里唯一的小医院中生下一个男孩，很快死去。萧红回到重庆，住在北碚复旦大学文摘社的宿舍里，端木当时担任教授。萧红在这里创作勤奋，完成了散文《回忆鲁迅先生》等一批文章。五六月间，日军加紧轰炸重庆。萧红和端木的身体都有些吃不消，他们希望有一个安静的写作环境。1940年1月19日，萧红到达了她人生的终点香港。在这远离本土的最后两年中，萧红参加了各种抗日文化活动。比如为文化界报告重庆文化界的情况，为女学生三八节演讲，写作哑剧《民族魂鲁迅》，等等。她用自己的笔呼应着苦难中的故乡和人民，号召人民"为了失去的地面上痛心的一切记忆，努力吧"。这也是她短暂一生中又一个创作的丰收期，艺术上更加成熟，更加风格化。她完成了长篇小说《呼兰河传》，以童年的视角回忆故乡的风土和人物，将诗性的乡愁贯注在综合运用的多种文体当中。由于病痛住院而未完成的长篇《马伯乐》，发挥了萧红讽刺的才能，鞭挞了在民族苦难中各种丑恶现象和人物，主人公的懦弱与虚伪自私，是她重点嘲笑的对象。她打算要给忧伤的马伯乐一个光明的交代，但是一病不起，终于只是留下一个无用人的形象。中篇小说《小城三月》，写了一个美丽凄凉的爱情悲剧。在旧的婚姻制度中，受到新文化濡染的女主人公，无力反抗被安排的命运，抑郁地死去，凄婉的叙事中寄托了萧红绵绵的哀思。短篇小说《北中国》中的老乡绅，因为思念自己投身抗日的儿子，终于精神崩溃。《后花园》则是在一个贫穷的磨倌身上，表达了对于生命原始悲哀的感悟。对于生命价值的固守，对于人生意义的追问，贯穿在她所有的作品中。在这个时期更加深沉，也更加明确，她的思想触角，进入了伟大作家的行列。

1941年12月8日，太平洋战争爆发。萧红倍受惊吓，加重了病痛。她辗转病榻，颠簸于医院之间。她在炮火声中，还和临时来护理她的东北籍友人骆宾基，沉浸在文学的探讨之中。念念不忘要续写出冯雪峰没有完成的，表现红军长征的那"半部红楼"。日军占领香港后，由于庸医的误诊，结束了她的生命，年仅31岁。她的一生几乎都是在战乱中度过，逃亡是她命运的总体象征，最终还是死于法西斯的炮火。终年31岁。临终的遗言中，有"半生遭尽白眼，身先死，不甘，不甘"。

二

《生死场》是为萧红带来巨大声誉的作品，也是她早期的代表作。自1935年初版之后，一版再版，共有几十个版本。世纪之交的时候，它被搬上话剧舞台轰动京城，可见萧红所表达的思想情感至今仍然具有艺术的感奋力量，是我们民族重要的精神财富。这就是我们今天阅读分析《生死场》的主要目的。

《生死场》的本事发生在哈尔滨附近的农村，这和萧红的故乡呼兰的地理位置相似。她故乡的学人考证出其中的一些地名，至今仍然被沿用，作品中的主要人物可以找到原型，比如王婆。她被软禁在大伯父阿城老家的时候，目睹了农民苦难的生活，听说了不少民众抗日的故事，她的家族中就有武装抗日的志士。"九一八"之后，民间的抗日队伍拉着尸体的牛车从她家门前经过。这些都刺激着萧红的情感，激发她的艺术想象，成为《生死场》的重要素材。她曾一再强调，作家要写她最熟悉的生活，要和自己的题材亲近起来。由此可以看到，她对于自己选择的素材有着丰富的积累，对于笔下的人物有着深厚的同情。尽管她写的都是最普通的农夫农妇，但她在人物身上倾注的是感同身受的苦难记忆，是生存与生命体验的认同。她曾经对朋友说，我写的人物比我高，一开始我也悲悯我的人物，写着写着我的感觉变了。我觉得不配悲悯他们，倒恐怕他们是应该悲悯我。她说这些话的时候，正是全民抗战爆发的最初时刻，在救亡的历史语境中，对于民间社会的重新发现是四十年代知识者的共通趋势，对于民众力量的推崇则是建构历史主体的必然。萧红是一个先驱者，以自己的笔回应了时代的要求，最早表现了民族民间抵抗外来暴力的伟大力量。

《生死场》故事开始的时间大约是二十年代，结束于满洲国成立的1932年夏。第十节《十年》是一个时间的过渡，类似电影蒙太奇的手法，将抗战爆发前后的乡土社会，由一些贯穿始终的人物的故事衔接起来。前九节叙述的是抗战之前的岁月，后七章的故事则发生在满洲国成立以后最初的年代。萧红开始写作的时间则是1934年，与本事在时间上相去不远，成书到出版则是全民抗战爆发的前夜。这使这部作品的文本价值格外重要，具有纪实性质的现实意义。前后的两个部分，则是乡土社会两个历史阶段的缩影。《生死场》在这样的时间形式中，容纳了萧红独特的思考。和她齐名的萧军的《八月的乡村》，是正面表现武装抗日游击队的悲壮史诗，比较之下萧红的《生死场》则更多地关注外来暴力对于民众生活与精神的影响，第十一节的题目《年盘转动了》，是一个明显的比喻，日本军阀的入侵改变了乡土社会沉寂的传统生活，她只用了两个自然段几句话，以"没有见过的旗子"和"日本的临时军营"代表着政治与军事的两个意象，就概括了农民们对历史变化的感受，表达了他们最初的困惑："这是什么年月？""中华国改了国号吗？"从中反映了底层民众对于政治的冷漠，国家观念的淡薄。历史的时间在记忆的形式中，拓展为不断加速的苦难，使前后两个部分的叙事，合乎逻辑地发展，这就是几个主要人物的命运与性格的转变，也是乡土社会从麻木的沉默中警醒，为了最基本的生存奋起反抗侵略者的暴行。而各种武装抗战的人物事迹则穿插在其中，牵引着叙述发展的方面。这样的时间形式决定了《生死场》的结构，不是以事件为中心展开叙事，而是以人物为中心完成故事的叙事。

《生死场》中的主要人物都是最普通的农民，在残酷的阶级压迫下，他们处于乡村社会权力结构的最底层，为了生的挣扎耗尽所有的活力。而严酷的自然环境，也使他们的生存卑微得像自生自灭的所有物种。《生死场》中的这一层意思，萧红以各种方式表达出来。在叙事写景的过程中，几乎是随处可见。比如罗圈腿戴着草帽出场，萧红写他像一棵"大的菌类"，暗示着他短暂的生命，这样的比喻还有一点诗意的成分。心绪不宁的金枝带着盲目受孕的身体出现在菜圃中，萧红以"寂寞的大红的西红柿"为背景开始讲述她的故事,既是写实的细节,也是对于她成熟身体的隐喻。而写停留在麦秸地里的麻脸婆像"微点的爬虫"则近于冷漠,淹没在周围昆虫飞舞鸣叫的环境中。而第四章《荒山》,形容早春备耕的农人像"蛰伏的虫子样"醒来,第八节以"蚊虫繁忙着"为题目,都是以特定季节中最普通的自然物象,整体地象征卑微的乡土人生。进一步的发展,则展示了他们动物性的生存,其中女性的生存是尤其触目的部分。在《荒山》一节中,对于美丽的女子月英病相的描写简直惨不忍睹。成业对于金枝的爱是成熟男性的本能,他们只接触了一两次,就使金枝怀孕了,产前仍然不能克制自己的欲望,与牛棚中发情的公牛形成互文的关系。第六节《刑罚的日子》是最集中的体现,三个女性的生产都痛苦万分,临产时的裸体像鱼的联想,母猪生崽儿的隐喻,加上男人的暴躁和冷酷,都是在生物学的层面上发现人像动物一样的处境。在社会学的意义上则更加悲惨。王婆为生活所迫,为了交纳地租忍痛把朝夕相处的老马送进屠场,她好像自己走向刑场,无法压抑记忆中杀人场面的闪回,也和老马的被屠杀的境遇形成互文的关系。她铅一样沉重而没有感觉地离开屠场的时候,老马又跟了出来,她只好重新把它送进去,安抚着睡着,痛苦地流着泪赶忙走出来。接下来的议论是:"王婆一生的痛苦都是没有代价的。"形象地转喻出普通农人任人宰割的悲惨处境。

人与物(植物与动物)的互喻,是人类原始思维的通常形式,也是儿童被文明的逻辑思维塑造之前通常的思维特征。萧红写作《生死场》的时候年仅二十三岁,加上五四个性主义等意识形态的影响，本能地对抗着父权文化的话语方式的模塑，不仅是在价值观念的层面，也是在观物方式的层面，因此能够比较好地保持天性质朴的感知方式。《生死场》中前面的几节麦场、菜圃、荒山、羊群，都是选择单纯至极的乡村寻常景物，作为人物活动的具体环境。就连"老马走进屠场"这个简单的陈述句，也是寻常的场景。但都因为单纯而具有广泛的象征意义，产生诗的效果。同时，新的意识形态背景贯注了新的价值观念，这就是在生命价值的理想观照下，对于民众苦难生存的关注。并且由此形成自己特殊的语义系统，转喻出丰富的精神心理内容。比如，第十二节《黑色的舌头》指涉的意义就相当复杂，既是日伪当局与暴力相适应的伪善宣传，或者说是话语的暴力；也可以说无处不在的吞噬着生命的死亡阴影，笼罩着沦陷之后日益萧条残破的乡土生存。从这些方面都可以看出，萧红的《生死场》不仅是以人物为中心，而且是以生命的载体、人的身体为中心推动着叙事。

人的生命原本就有两种基本的形态，一个是物质的存在，一个是精神的存在。前者把人类牢牢地固定在大地上，成为宇宙间的一个物种；后者则使人脱离动物界，并且创造出不同的文化制度。《生死场》在基本的物质层面上充分地层现了乡土人生的艰难，生命无价值无意义的毁灭。同时也写出了民众精神的愚昧与麻木，其中包括迷信、保守，极端的男权意识等。就是在这个精神的层面上，萧红也运用了身体的隐喻手法，这使她的人物可以超越写实的一般意义，达到普遍的象征。《生死场》从一只羊写起，引出他的主人二里半。他是一个跛足的人，走路一颠一颠的。他对于羊的感情几乎超过对亲人的感情，为了寻找羊和邻人打架。他相信征兆，沉默地承受生活的重压；他喜欢助人，为赵三的儿子平儿找活干；他好面子，在为成业说媒被回绝之后，觉得脸上无光。就连村民们组织起来，准备武装抗击侵略者的高涨情绪中，他也只是不情愿地献出自己的山羊，原因是："你们要杀就杀吧！早晚还不是给日本子留着吗！"他不参加盟誓，并且在关键的时刻找到了一只公鸡，把他心爱的羊替换了下来，居然可以冷静地面对许多敌意的眼睛，坦然走回自己的生活。因为缺乏国家的概念，他对于亡国没有伤心的感觉。邻人对他的辱骂："你个老跛脚的东西，你，你不想活吗？"呼应着标题《你要死灭吗？》，既是针对这个人物的，也是针对广大民众的，甚至可以说是针对整个种族的。毕竟最早意识到亡国灭种危机的，首先是有文化的精英阶层。与这个主题相适应的，是多数村民精神的麻木，就是投身武装抗战更多也是因为无衣无食的窘困生存处境。至于阶级的观念则就更淡薄，他们很少思考自己被剥削被压迫的真实境地。只是到了结尾的时候，二里半的妻子麻脸婆和儿子罗圈腿都死于屠刀，二里半才毅然跟上武装抗日的人们。《生死场》的全部叙事就是完结在他远去的背影中，伴随着的是山羊的哀叫。这是一个贯穿始终的人物，由蒙昧走向觉醒的抗争，生动形象地表现了萧红对于民众精神的观察与理解。他的生理缺陷象征着精神的弱点，结尾的最后一节以《不健全的腿》为标题，透露出萧红这一基本的创作动机。而羊的形象，也具有象征的意义，它是乡村和平生活的载体。二里半终于放弃了杀死它的初衷，临行前把它托付给了赵三，表达了对于失去的乡村和平生活的留恋。

在这样基本的表义框架中,王婆与他的家人具有特殊的作用。他们是乡村社会中最苦难也最富于反抗的一类,在全书十七节中有两节专门为王婆而设,可见这个人物的重要。萧红曾经多少有些迟疑地问过鲁迅,王婆这个形象是不是太鬼气了,鲁迅回答在我的老家绍兴也有这样的人,比他还要鬼气些。她在第一节出场的时候,大约近五十岁,就是以善于讲故事而被萧红赋予乡村夜晚兴奋幽灵的形象。村童们叫她猫头鹰,包含了不祥的语义。她的身体被虚化处理了,几乎没有生理特征的描写,而关于她的身世则是一个乡村社会中的谜。萧红是以闪闪烁烁的伏笔,呼应着勾连出她的经历。从《麦场》中的夜晚,她自己讲述二十多岁时失去一个孩子的经历,到第二天又像一个灰色的老幽灵再度出现在麦场上,她和平儿的对话,既为下一节送老马进屠场埋下伏笔,也暗示着她与平儿没有血缘关系。在《荒山》一节,她最先获得村民们为了抗租而准备杀人的消息,并且帮助隐瞒,居然还找来了一支枪,教会丈夫赵三使用。偶然的变故,赵三被地主的软硬兼施折服了锐气,忍痛卖掉了牛,对于自己的行为生出忏悔,最后连起事用的五把镰刀也要卖掉。这些都气得王婆和他争吵:"我没见过这样的汉子,起初看起来还像一块铁,后来越看越像一堆泥了!"从中可以看到这个人物的思想,是超过了一般具有"精神奴役创伤"的农民们。她的身体出现在读者面前的时候,已经到了她服毒的情节,她披散着头发像幽灵一样,跪在柴草上号啕大哭,然后是死后紫色的脸,不肯闭上的眼睛,无可形容的身体上穿着色彩对比强烈混淆了季节的服装。关于她自杀的原因和过去的经历,都是由赶来的女儿讲述的。王婆的儿子是土匪，被官府抓住杀了。王婆的第一个丈夫经常打他，并且丢开他们母子三人回了山东，王婆带着两个孩子嫁到冯家，至于她离开冯家嫁给赵三的原因则一直没有交代。她的身体终于裸露出来，是当她醒转过来的时候。根据迷信的观念还魂的死尸力大无穷，会抱着活人死去，赵三用扁担像刀一样压向她的腰间，她的肚子和胸膛突然增胀，像是鱼泡似的……终于在就要钉棺材盖的那一瞬间，她真正地醒了过来。被虚化了的身体，与幽灵一样的存在，使这个人物更像是一种精神的象征，卑微的生命历经苦难又极其顽强。而且她在死亡之地，居然活到了叙事的终点，这样的情节安排与叙事技巧体现着萧红对于民众顽强生命意志的折服。王婆把仇恨的种子种进女儿的心田，恍惚地接受了她为国捐躯的残酷结局。这是一个被苦难和复仇腌透了的幽灵，是一个超越了性别的不屈的精神符码。

在以身体推动的叙事中，女性的命运则更加恐怖。金枝从第二节出场，萧红为她也专门设了两节，也可以看出对于这个人物的重视。她从无知的少女，稀里糊涂地受孕，被迫出嫁，经历生产的痛苦，失去丈夫与女儿，为了生存到城市里缝穷遭强暴，无奈地返回毫无希望的乡村。她想出家当尼姑，尼姑庵在战乱中破败，连旧日妇女最后一个精神的停泊地也塌陷了，这就是比死亡更残酷的精神绝境，是生不如死的悲哀。所有的苦难在金枝都是双重的，生产的刑罚既是肉体的也是精神的，因为证明着她婚前的不贞，必然遭到女性舆论的迫害。她被一个中国男人强奸，仇恨的根由也是超越种族的。更残酷的外来暴力震动了她的精神："从前恨男人，现在恨小日本子。"可是回想到内心的伤痛与屈辱又陷入迟疑："我恨中国人呢？除外我什么也不恨",参与对她迫害的也包括中国的男人和女人。这个被侮辱与被损害的形象,集中了女性从身体到心灵的全部苦难,使《生死场》在民族生存危机的叙事中,开辟了女性独立的话语空间,生物学、社会学与精神领域的困惑,全面地表现了女性生存的苦难境遇。

金枝是在城市里被强暴的,这和第九节《传染病》相呼应,表达了萧红对民族历史文化窘困情境的独特观察与思考。在自然的灾难中,无助的乡民只能从抱怨天到抱怨人。"这是什么天象?要天崩地陷了。老天爷叫人全死吗?""……老天爷早要灭人啦!人世尽是强盗、打仗、杀害,这是人自己招的罪……"对于灾难的这种解释,固然是无知与愚昧。但是从近代人类历史来看,腥风血雨的不义始终伴随着现代文明的发展。中国的历史就更严酷,现代文明以暴力为先导登陆古老大陆,大都市是它罪恶的产物。东北的近代史是其中的典型部分,所有的大都市几乎都是武力强制下的殖民基地。侵略战争借助的是现代文明的科技成果,是不平等的贸易与掠夺。城市与乡村的两项对立中,有着政治与文化的双重意味,种族矛盾与文化冲突缠绞在一起。乡民们对于外来文化的惶怵,集中地体现在对现代医疗措施的恐惧上。穿着白衣服的洋鬼子、像修理机器一样的治疗过程,用车子拉进魔窟般城市的隔离措施等,都是乡村民众无法信服的魔障。萧红从文化史的角度,表现了东北殖民文化的地方特征,在乡村与城市的两项对立中,揭示了民众精神的又一重苦难。金枝的命运则是以性别的立场,穿透两项对立的简单模式,以生命价值为原点,扫描了复杂的历史情境。对处于世纪之交的人类来说,性别的问题、后殖民文化的问题等都是全球性的命题。萧红以女性独特的敏感,对于城市与乡土都保持了疏离的姿态。这是《生死场》被当代的读者理解接受的重要原因,也反映了萧红思想的深刻性,使《生死场》具有了广泛的语义关联域。

三

萧红是现代文学史不可遗漏的作家,除了她的创作成就之外,还由于她的多重身份,也就是她和中国现代文坛中各种流派之间的特殊关系。首先她通常被史家列入东北作家群,成为地域文学的重要代表。这是三十年代兴起的一个群体,以表现日寇占领下的东北民众的悲惨生活和顽强抗争为宗旨,引起文坛的关注。他们都是流亡到上海的东北籍青年作家,多数是共产党员。其中包括罗烽、白朗、舒群,还有晚些时候到来的端木蕻良等。他们的创作开始于战争的烽火燃遍北中国的危难时刻,早于全民抗战的"七七"事变,是整个民族奋起抗击侵略者的先声。他们除了自己办刊物之外,还参与了胡风主持的以抗日为方针的《七月》杂志,成为主要的撰稿人,在铁与火的民族解放战争中站在最前沿。《七月》的名字就是萧红起的,用以纪念全民抗战爆发的历史时刻。萧红一开始就是一个左翼作家,她一到上海就通过鲁迅的介绍,进入了左翼作家的圈子,结交了不少中外左翼文人。她和茅盾保持了终身的友谊,在她去世之后,后者还为她的《呼兰河传》作了序;她和萧军与叶紫结成奴隶社,与胡风过从甚密;她与日本左翼文人鹿地夫妇来往密切,共同度过了最严峻的时刻;她和美国左翼女作家史沫特莱是彼此信任的朋友,在生命最后的日子,史沫特莱给了她最切实的帮助。左翼思潮在当时是前卫的思潮，萧红所有活动都是其中的一部分，这使她获得世界性的声誉，也使此后所有研究中国左翼文学的人，都不能绕过她。作为一个女性，萧红对于中国女性生存的审视与表现，是中国现代女性文学史中最重要的部分，也是全球性的女权主义思潮的一个组成部分。所有这些，都是她可以从多个角度被解读的重要原因，也是她以自己独特的姿态出现在文学史中的根由。

萧红以自己短暂一生的跋涉，成功地完成了一个现代女性的奋斗史。她把自身的解放融入民族解放的伟大事业，以文学的方式进行了顽强的斗争。在短短的十年中，写下了近百万字的作品。其中的绝大多数都是可以传世的艺术瑰宝，《生死场》《商市街》《呼兰河传》《回忆鲁迅先生》《小城三月》等一批作品，都已经成为现代文学的经典。她涉及了小说、散文、诗歌、戏剧、评论等多种文体，显示了多方面的文学才能。七十多年来，回忆、纪念、研究她的文字有近千万，关于她各种形式的传记上百种，她像一个传奇从历史的深处走来，和时代一起行进。

萧红以女性的经验洞察历史，至今影响着中国女性文学的发展。她充分个性化的语言风格丰富了汉语的表现力，以独特的精神魅力传承着悠久的文学传统。她忠实于自己感觉的前卫姿态，开辟着美学的疆域，为世纪之交的先锋文学及其理论，提供了成功的经验。她对于小说文体的思考，是八十年代中国小说文体革命的重要思想资源和理论根据。她的艺术实践，成为二十世纪汉语写作的典范。作为一个经典作家，她已经成为中国新文学的传统。这一切都使她在时空的无限延展中，永远是一颗闪亮的星。

萧红年表

1911年
6月1日(阴历五月初五)出生于黑龙江省呼兰县内一个地主家庭。本名张乃莹,笔名悄吟、田娣、萧红等。有一胞弟,名张秀珂。

1919年
母亲去世。

1921年
到呼兰城南乙种农业小学(现萧红小学)读初小一年级。

1927年
考入哈尔滨东省特别区区立第一女子中学校(现哈尔滨第七中学)。

1930年

初中毕业。为反对封建婚姻,逃至北京,入读北京女师大附中。

1931年

1月间,因经济不支返回呼兰,被软禁到阿城县福昌号屯老家。冬,逃出哈尔滨,流浪街头。未久,仍因生活所迫,与未婚夫王恩甲同居于东兴顺旅馆。是年,"九一八"事变发生,日本军队入侵中国东北。

1932年

2月,出走北京,后王恩甲追踪而至,旋即返回哈市。未久,王恩甲不辞而去,欠下旅馆六百余元债务,萧红遂成"人质"。得萧军、舒群等帮助,脱离困境。秋,与萧军同居。先住"欧罗巴旅馆",后迁商市街。 年终,应报社征文,写出第一个短篇小说《王阿嫂的死》,笔名悄吟。

1933年

为《国际协报》、《大同报》等撰稿。与萧军、金剑啸、罗烽、白朗等一群激进青年一起组织左翼文艺活动。第一个集子《跋涉》(与萧军合作)自费出版,随即遭禁。

1934年

6月,与萧军逃离"满洲国",到达青岛。9月,完成中篇小说《生死场》。10月底与萧军同赴上海,与鲁迅见面。 开始在上海《太白》《中学生》《文学》《作家》《文丛》《文学月刊》《中流》等文艺刊物上发表作品。

1935年

12月,《生死场》(《奴隶丛书》之三)出版。

1936年

1月间,与萧军等一行赴山西临汾,任教于民族革命大学。4月,与萧军分手,随即由西安返回武汉,与端木蕻良同居。5月,短篇小说散文集《牛车上》出版。7月,东渡日本。8月,散文集《商市街》出版。9月,与李声韵同赴重庆。9月底,与萧军同赴武汉,与胡风、聂绀弩等共办《七月》。

1940年

1月,与端木蕻良同赴香港。写作哑剧《民族魂》、讽刺小说《马伯乐》第一部,完成长篇小说《呼兰河传》。短篇小说集《旷野的呼喊》《萧红散文》先后出版。

1941年

1月,《回忆鲁迅先生》《马伯乐》出版。美国记者史沫特莱途径香港,经介绍,萧红随后入住玛丽医院肺病科。

1942年

1月13日,移至跑马地养和医院。被误诊为喉瘤,手术切除喉管,18日,转入玛丽医院。22日上午辞世。25日骨灰葬于香港浅水湾坟地。

1957年

8月15日迁葬广州银河公墓。

百年中篇典藏

林贤治 主编

《阿Q正传》　　鲁迅 著

《她是一个弱女子》　　郁达夫 著

《莎菲女士的日记》　　丁玲 著

《二月》　柔石 著

《生死场》　　萧红 著

《林家铺子》　　茅盾 著

《丽莎的哀怨》　　蒋光慈 著

《长河·边城》　　沈从文 著

《阳光》　老舍 著

《八月的乡村》　　萧军 著

《小二黑结婚》　　赵树理 著

《饥饿的郭素娥》　　路翎 著

《组织部来了个年轻人》　　王蒙 著

《大淖记事》　　汪曾祺 著

《绿化树》　　张贤亮 著

《被爱情遗忘的角落》　　张弦 著

《人到中年》　　谌容 著

《小鲍庄》　　王安忆 著

《关于詹牧师的报告文学》　　史铁生 著

《褐色鸟群》　　格非 著

《妻妾成群》　　苏童 著

《小灯》　　尤凤伟 著

《回廊之椅》　　林白 著

《到城里去》　　刘庆邦 著